JN215572

異世界で傭兵団(ようへいだん)のマネージャーはじめました。

アスラン
傭兵団のリーダーで、凄腕の剣士。
無口無表情なせいで
考えていることがわかりづらい。
だが、困っているサキに
手を差し伸べてくれる優しい青年。
サキ
ラグビー部の女子マネージャー。
異世界に来てしまって困惑しながらも
帰る方法を探している。
面倒見がよいしっかり者で、
なかなかの運動神経の持ち主。
登場人物
紹介

フレイア
アスランたちとは別の、
大きな傭兵団の団長で、実は王族。
強いカリスマ性を持った美女。
テオ
傭兵団の団員で、弓兵。
腕は確かなものの、
酒癖と口が悪いのが難点。
一方で、仲間想いの一面もある。
ダレン
傭兵団の団員で、槍兵。
穏やかで優しい青年だが、
傷のせいで戦えないことを
思い悩んでいる様子があって……？
ラニエル
傭兵団の団員で、魔道師。
線の細い美少年ながら
内面は非常にきつく、
サキにちょっと冷たい態度をとる。

「マネージャー、明日の準備はもうできてる？」

「はい、大丈夫です、部長」

声をかけられ、サキは手元のノートに落としていた視線を上げた。表紙に『田中(たなか)サキ』と書かれているノートには、明日の試合――ラグビー部の全国大会予選の決勝戦に必要な道具が記されていて、すべてチェックしてある。マネージャーも二年目となればぬかりはない。

「明日に備えて今日の練習は軽めにしておくから、五時からミーティングってことで」

「わかりました」

それだけ言うと、部長はグラウンドへ戻っていく。その姿はラグビー選手にしては小柄だ。だが、彼はこのチームの司令塔で、スクラムハーフという重要なポジションを担(にな)っている。攻撃の起点となるパスを正確に出すなど瞬時の判断力が素晴らしく、サキの憧れだった。

「五時にミーティング……」

時計を見たところ、あと三十分しかない。

明日の準備はできているが、部室の掃除もしておきたかった。

「急がないと！」

きれいに掃除をして、部員も自分も気持ちよく明日の試合に臨む。これは、実際に試合に出るわけではないサキなりの儀式だった。試合がはじまれば、自分には応援しかできない。そのため、せめて身のまわりを清めて心を澄んだものにしておきたいのだ。

サキはせっせと部室の床を磨いていった。

高校に入学してから二年、ラグビー部のマネージャーとしてやってきた。雑用ばかりで地味な割に大変だが、間近で部員たちの練習や試合を見られることには、その苦労を上回るよろこびがある。

ただ、それをわかってくれない人も多い。

『運動部のマネージャーなんて、男にちやほやされたいからやるんでしょ？』と言われることもある。だが、マネージャーが男子部員にちやほやされるなんてほとんどない。

そもそも、サキは部員たちに、男のような存在だと認識されている。たまに重いものが持てなくて苦労している時などに、『あ、そういえば』と性別を思い出されるくらいだ。また部活の間はジャージを着ているので、制服のスカートを着ている時に部員と会うと、すごく驚かれる。

この男扱いは、サキが四人きょうだいの末っ子で、上の三人は全員兄だということも関係しているのかもしれない。そのせいか、子どもの頃から遊び相手は男の子ばかりだったし、小学生時分から兄たちと同じ野球と柔道を習っていた。思えば、両親にも女の子だと認識されていなかったのでは、と複雑な気持ちになる。

だが、サキにとってはそんな生活があたりまえで、特別疑問に感じたことはなかった。

掃除が終わった頃、部員たちが戻ってきてミーティングとなった。しかし、部長は特に部員たちに気合いを入れるわけでもなく、必要事項だけ確認して解散させる。

それから、空腹を訴える部員たちと高校の近くの商店街でラーメンを食べた。そのあと、さらにソフトクリームが食べたい、とコンビニに向かうグループと別れ、サキは部長とふたりで駅まで歩く。

少し緊張しているサキには、いつもの帰り道が違ったものみたいに感じられた。

「あの、明日は大事な試合ですけど、部長は緊張しないんですか？」

部長たち三年生にとっては最後の試合だ。だが、彼は緊張している様子を見せず、なんてことないように言う。

「気負っていたら、普段の実力なんて出せないからな。どんな試合でも気負わずいつもの自分でいる、俺はそれが大事だと思ってるよ」

サキは言葉を失い、部長の横顔を見た。そして、いまの言葉を忘れないためにノートに書いておかなければ、と急いでバッグの中を探る。しかし、目当てのものが見つからない。

「あれ……？」

「どうした？」

部長が足を止めてサキを振り返った。

「ノート……ノートが……」

「いつも持ってるノートか？」

あのノートは、ラグビー部の試合の記録や覚え書きを一年生の頃から書きためたもので、明日の全国大会予選決勝には絶対に欠かせない。

サキはふと最後にノートを見た時のことを思い出した。部活中に内容を確認していた時、急に顧問の先生に呼ばれて部室のロッカーの上に置いてしまったのだ。

「すみません、部長。わたし、いまから学校に取りに戻ります」

「じゃあ、俺もつきあうよ」

もう暗いし、と言われ、サキは慌てて断る。

「そんな、部長は駅に行かないと帰りがすごく遅くなっちゃうじゃないですか」

部長は少し遠いところから通学している上、以前、乗り継ぎが不便で時間がかかると言っていた。

「わたしは家も近いし、明日は本当に大事な試合ですから」

部長には、体を休めてもらいたい。だが、彼はかまわないと微笑(ほほえ)む。

「おまえも大事な部員なんだから、そんなに気を遣うな」

何気なく言われた言葉に、サキは動揺した。

「あ、ありがとう……ございます」

とはいえ、やっぱりこのまま部長と一緒に学校に戻るわけにはいかない。いまの顔を見られたくないからだ。うれしさで、きっと頬どころか顔が真っ赤になっている。

「でも、ひとりで行けるので大丈夫です。それじゃ、お疲れさまでしたっ」

サキは部長の顔が見られず、俯(うつむ)いたまま走り出した。

「おい、田中……」

部長の声が遠くなる。

浮き立つ心のせいか、忘れ物を取りに引き返すというのに足が軽く感じた。

あっという間に高校の門が見えてくる。もうすぐ校内の最終見回りが終わり、門が閉まる時間だ。急がなくてはと思いつつ、サキはさらに足を速めた。

それにしても、あのノートを忘れてくるなんて。

自分らしくないうっかりに、明日の試合を控えて緊張しすぎなのかな、なんて考えていた。

なんとか校門が閉まる前にすべり込んだサキは、部室棟へ急ぎ、目的のノートを回収してから校門に戻る。その途中、廊下で目を疑うような出来事に遭遇した。

誰もいない暗い廊下の向こうに、光がぐるぐると渦巻いている。照明の類ではないし、警備員さんの懐中電灯の明かりでもなさそうだ。

「……なに、あれ?」

サキは、ノートを胸に抱きしめる。

気になったものの、明日は大事な試合――なんだかよくわからない面倒事に巻き込まれる気はなかった。

見なかったことにして、早く帰ろう。

そう考えて踵を返そうとしたサキだが、あれが原因で火事が起こったりしては大変だと思い至った。火の気の類ではなさそうだったが、正体がよくわからない以上、どんなことが起こってもおかしくはない。

サキは、肩に掛けていたバッグにノートをしまってから、渦巻く光へゆっくりと近づいた。そして、制服のポケットに入れていた携帯電話を取り出す。とりあえず写真を撮って三人の兄たちに送信し、どうしたらいいか相談しようと思ったのだ。

次兄は同じ敷地内にある付属大学に通っていて、この時間も道場で練習しているはず。すぐに駆けつけてくれるかもしれない。

そう考えながら、サキは携帯電話を構え、液晶画面を覗き込んだ。画面にはちゃんとあやしい光が映っている。

画面のシャッターボタンに慎重に指を乗せると、携帯電話のフラッシュが光った。その瞬間、謎の光が音もなく爆発し、サキの目の前は真っ白になった。

＊＊＊

なにかが焦げるにおいがする……

母が朝食の焼き魚でも焦がしたのかな、とサキは目を瞑ったままぼんやり思った。

だがすぐに、そんな失敗をする母ではないと考え直す。

今日はラグビー部の全国大会予選決勝という大事な日だ。サキも早起きして母と一緒に朝食とお弁当を作ることにしていた。そろそろ起きなくては。

「……い……おい……」

誰かの声がする。兄が起こしに来たのかもしれない。やっぱり、このままでは寝坊してしまうのだ。

「えっ！」

はっと目を開いた時、サキはなにがどうなっているのかわからなかった。

なぜなら、家族の誰でもない、見知らぬ青年がこちらを覗き込んでいたからだ。

「あ……え？」

「気がついたか？」

自分の部屋にどうして知らない男性が、とサキは体を起こそうとする。そして、自分がベッドではなく草の上に身を横たえていたことに気づいた。

「な、なに……？」

とりあえず上半身を起こしてあたりを見回すと、そこは自宅の部屋ではなく、草木の生い茂る森の中だった。

「なに、ここ……」

サキの生活圏内で、こんなに木が茂っている場所など思いつかない。

「起きられるか？」

サキは、近くに立っている青年に声をかけられ、やっと彼の姿を見上げた。

年齢は、サキよりやや年上だろうか、雰囲気からして高校生ではないように見える。眼差しが大人びているし、顔立ちがいやに整っていて、少し近寄りがたい。一度目にしたら忘れられなそうな、不思議な魅力のある青年だ。

彼の格好は変わっていて、マントのようなものを纏(まと)い、シャツの上に硬そうな革のベストを重ね着している。足元はベストとお揃いの革のブーツ。ファッションにしては、あちこちの汚れやほつれがリアルだ。

「えっと……」

サキが呆然としていると、また青年から声をかけられた。

「立てるか？」

すっと差し出された手を、なんだかよくわからないまま取ってしまった。青年の手のひらの感触は硬く、なにかの武道に長年励(はげ)んできたことがわかる。また、軽々とサキを引き上げた腕は力強く、無駄のない筋肉がついていた。

「あ、ありがとう……ございます……」

サキは立ち上がって、着ている制服が汚れたり破れたりしていないことを確認した。少しほっとしてスカートについている草を払ってから、近くに落ちている自分のバッグを慌てて拾い上げる。

「ん？」

バッグを手にした時、足元に矢のようなものが複数突き刺さっているのが見えた。

「弓道部の弓……？」

よく見るとそれらは粗末な造りで、羽根の部分がきれいに揃っていない。なぜ矢がこんなに……

と思うと同時に、青年が手に剣を持っていることに気がついた。青年のそれは、とてもスポーツ競技などで使うものとは思えないほど長さも幅もある。見るからに重そうで、刃は振るえば怪我どころでは済まないだろう鋭さだった。

「えっと……」

どれをとってもまったく意味がわからない。

どうして、こんな普段関わりのないものに囲まれているのか。

「これって、やっぱり夢かな……？」

サキは首をひねった。ただ、夢にしてはあまりにも鮮明だ。

ひとりで考え込んだり、きょろきょろしたりするサキを、青年が怪訝な顔で見ている。

「おい、頭でも打ったのか？」

「え、そんなことないと思うんですけど……」

びっくりして後頭部に手をやったが、特にこぶはできてはいない。首を傾げるサキに、青年がさらに問いかけた。

「爆発で吹っ飛ばされて倒れてたんじゃないのか？」

「爆発で……？」

その言葉に、サキの脳裏に恐ろしい勢いで映像が浮かぶ。

部室の廊下で渦巻いていたあやしい光。

携帯電話のフラッシュと同時に起こった爆発……それから……

「わたし……？」

サキは口元を押さえて、爆発からの記憶を辿った。あのあと、無事に帰宅して部屋のベッドで寝た覚えはない。制服もバッグも当時のままだ。

「あの爆発って……本当に起こったの？」

まさか、と思いながら、サキは青年の顔を見た。

「これって……夢じゃないんでしょうか？」

青年は顎に手をやり、しばらくサキを見つめてから言った。

「やっぱり頭を打ったんだな。魔法の暴発におまえは巻き込まれたんだ」

「ま、魔法？」

とんでもない言葉に、思わず声がうわずる。

日常ではたとえ話などでしか耳にしない言葉だが、青年はいたって真面目な顔をしているし、冗談を言っているようにはとても見えない。

ふいに気が遠くなる感覚に見舞われ、膝に力が入らなくなる。その場にへたり込みそうになったところ、青年が腕を伸ばし、体を支えてくれた。

「おい、しっかりしろ」

青年に顔を覗き込まれ、サキは状況も忘れて見とれてしまう。真摯な眼差しは力強く、迫力があった。

「あっと、うん、大丈夫、大丈夫です、多分」

我に返り慌てて離れようとしたが、青年はまたサキが倒れると思っているのか、腕を離してくれない。困っていると、後ろから声がかかる。

「アスラン！」

振り返ると、木立の間に人影が見えた。すぐそばにいる青年とは違って小柄で細身だが、声からすると少女ではない。

その人影に、青年が尋ねた。

「ラニエル、状況は？」

「私の魔法に魔法をぶつけてきた新人魔道師は、怪我を負って街に運ばれましたが……命にかかわるほどではないそうです」

そう言って現れたのは、ひとりの少年だった。華奢で、中学生と言っても差し支えなさそうに見える。彼の服装もまた変わったもので、裾も袖も長いワンピースのような服を着て、年季の入った分厚い本を持っていた。

ラニエルと呼ばれた少年は前屈みになって膝に手をつき、はあはあ、と荒い呼吸を繰り返す。

「本当に……迷惑な奴です……おかげでずいぶん走らされましたし……。まったく、魔法を同時に唱えることは……禁じられている、初歩のしょ……」

「落ち着け。黙って息を整えた方がいい」

息を切らしつつしゃべるラニエルを、青年が止める。しばらく待っていると、ラニエルが顔を上げた。

「それより……アスラン、その……」

そいつは誰だ、と言わんばかりの目でラニエルがサキを見る。彼の不審そうな視線に、サキは自分がどう映っているのか少し不安になった。

「魔法の暴発に巻き込まれたみたいで、そこに倒れていたんだ」

サキを助け起こしてくれた青年が答える。彼の名前はアスランというらしい。ラニエルといい、とにかく変わった名前だ。

「魔法の暴発って、よくわからないけど、わたしが廊下で見た変な光のことかな？」

サキがそう言うと、ラニエルの肩がぴくりと揺れた。明らかに気まずそうな顔をしているが、アスランの目には入っていないようだ。

「変な光だと？」

アスランが眉を寄せてサキを見た。彼がそういう表情をすると顔立ちの端整さもあって迫力が増す。だが、これまで話した感じでは、それほど近寄りがたい人物でもなさそうだった。

ようやく自分にも説明できる内容に、サキはつい気安く答えてしまう。

「うん、部室棟の廊下で」

「廊下というと、建物の中にいたのか？」

「そう、そうなの！　わたしがいたのは、こんな森の中じゃなかった。それなのに目が覚めたら、ここにいて……全然知らない場所だし、あなたたちも変わってるし、魔法とか……よくわからないんだけど、どういうこと？」

言っている間に声が震えてきた。自分ではどうしようもない状況に放り出されたことを認めてしまうのが恐ろしかったのだ。

しばらく考え込むように黙り込んでいたアスランが、口を開く。

「……さあ、わからんな」

どうしてこんなことになったのか説明してくれるのではないかと期待していただけに、がっかりだった。一方で、ここでショックを受けていてもなにも解決しない、という冷静な思いもある。

「まあ、俺もよくわからんが、おまえはここではない別の場所で爆発に巻き込まれたのだろう。異なる魔道師の唱えた魔法がぶつかると、なにが起こるかわからんからな」

今回も、大して強い魔法がぶつかり合ったわけではなかったのに、こんなに広範囲に爆発が広がったと続けて、アスランがあたりを見回す。確かに、よく見ると草地のあちこちが焦げて、倒れている木もあった。意識を取り戻した時に焦げ臭いと思ったのは、爆発であたりが吹き飛ばされ、木や草が焦げたせいだったらしい。

「どうしてこうなったかは一応わかったけど、わたし、どうすれば……」

家に帰りたくても、いま自分がどこにいるかもわからないのだ。

「困ったことになったな」

アスランの言葉に、ラニエルが声を上げた。

「これは、私の失態ではありません……っ」

「おまえを責めてるわけじゃない」

なぜかきつくラニエルに睨みつけられ、サキはたじろいだ。ラニエルは線の細い美少年で、きつい眼差しをするとなんとも迫力があった。それに彼の瞳は謎めいた紫色をしていて、思わずどきりとしてしまうほどきれいなのだ。

「とにかく、ここにいても仕方がない。俺はこの娘を連れていくから、おまえは街へ行ってきてくれ」

アスランの言葉に、ラニエルは見るからに不満そうな表情を浮かべながらもうなずく。

「……わかりました」

ふいと顔を背けた彼は、さっさと踵を返して、足音も荒く行ってしまった。

「じゃあ、行くか」

アスランも、ラニエルが向かったのとは逆の方向へ歩きはじめようとする。

「ど、どこに？」

「今日はもう陽が暮れるし、とりあえず帰って休んだ方がいい。おまえも疲れた顔をしているしな」

そこで、アスランはサキの顔をまじまじと見つめる。

「そういえば、おまえの名前は？」

「サ、サキ……です」

アスランにとっては、サキの名前の方が変わったものに聞こえるかもしれない。だが、彼は特に不思議がることはなかった。

「わかった。じゃあ行くぞ、サキ」

そう言うと、アスランはどんどん歩いて行ってしまう。このわけのわからない場所で、彼とはぐれるわけにはいかない。ただ、よく知らない青年についていっていいのか、という危機感もある。

「……待って！」

迷ったが、サキはバッグを肩に掛け直し、小さくなっていくアスランの背中を追って走り出した。なにがどうなっているか、よくわからない。

だけど、このままここで立ち尽くしているわけにはいかないと、自分に言い聞かせるのだった。


「く、暗い、ですね……」

歩いているうちに、陽はあっという間に暮れてしまった。

アスランのあとを追ってきたはいいが、彼がどんどん奥へと進んでいくので不安になる。森には一応、道らしきものがあるものの、土がならされているだけで舗装(ほそう)などはされていない。

「森の中に灯りなんてあるわけないだろう？　街ならかがり火やランプの街灯くらいはあるけどな」

「電灯とかってないんだ」

「でんとう？」

独り言のつもりだったのにアスランが振り返ったので、サキは慌ててなんでもない、と誤魔化した。

いまの話と彼らの服装から、もしかしてここは過去なのではないかと考えてしまう。なにかの拍子で過去に迷い込む……映画などでよくあるストーリーだ。あり得ないと思いながらも、とにかくこの状況に説明をつけたかった。過去の世界ならば歴史の授業で学んだ知識があるし、ちょっとは理解できることもあるかもしれない。

「そういえば、みなさん、あそこでなにをしてたんですか？」

少しでも情報を集めなければ、という思いで尋ねてみると、驚くべき答えが返ってきた。

「魔物を退治してたんだ」

「ま、まもの？」

魔物と言われてサキの頭に咄嗟(とっさ)に浮かんだのは、妖怪の姿だった。同じようなものかもと想像しつつ、さらに聞いてみる。

「あの、まものって、なに……？」

「今日のは、巨大な化けネズミだったな」

「ネ……！」

聞かなければよかった、と後悔してすぐ、サキは重大な事実に気がついて叫んだ。

「それって、このあたりにいるってこと!?」

アスランに飛びついてしまいたくなったが、怖くて足が動かない。

「いや、どこにでもいるってわけじゃない。それに種類にもよるが、ほんの数匹ならうろついていてもおそれる必要はないんだ。ただ、たまに湧き出るように大量に現れることがあって、その時は注意しないといけない。やつらは集団になると、どんな小さな魔物でも途端に凶暴になって暴れ出す」

自分たちは、それを退治することを生業（なりわい）としている、とアスランは説明してくれた。

「そ、そう……」

うなずいたけれど、話がよくわからなかった。唯一わかったのは、ここは過去ではないということだ。サキの住んでいた世界には、どんな大昔でも魔物なんていなかったはずだから。この状況を理解するための小さな取っ掛かりが消えてしまってがっかりしたが、それより、いまはあたりの様子が気がかりだ。

サキは周囲を見回し、歩調を速めてアスランのすぐ後ろを歩くことにした。その間も背後が気になり、何度も振り返ってしまう。歩いてきた道はうっすらと闇に包まれていて、いまにもなにかがぬっと現れそうだ。

「ちょっと、待って」

アスランの服の裾を掴もうと、サキは手を伸ばした。そして、あることに気づく。

「あ……」

サキが声を上げて立ち止まると、ようやくアスランが振り返った。

「どうした？」

「ねえ、怪我してる」

「うん？」

サキがアスランの肘（ひじ）を指さすと、彼も無造作にそこを見た。

「ま、魔物にやられたの？」

それほどひどい傷ではなさそうだが、すっぱりと切れて血が滲んでいる。

「いや、木の枝かなにかに擦れて切れたんだろう。化けネズミにやられた覚えはないしな」

大した傷じゃない、とアスランは気にとめる様子もない。

「ちょっと待って。わたし、ウェットティッシュと絆創膏を持ってるから」

サキは、小さな絆創膏から大判のものまでいつも携帯している。部活で豪快に傷を作る部員が多かったからこその用心だ。

「なにを持ってるって？」

アスランが不思議そうにサキを見る。ウェットティッシュと絆創膏がわからないらしいが、説明したところで理解してもらえる自信はない。

「えーっと、いいから、ちょっとそこに座って」

すぐ横に倒れた木があることに気づき、サキがそうすすめる。すると、アスランは素直にそこへ腰を下ろした。

「これくらい、手当てする必要なんてないが……」

「でも、放っておかない方がいいと思うし」

サキは、バッグから取り出したウェットティッシュでまず傷口を拭く。傷は思ったより浅いものの、土埃で汚れていた。やはりこのままではよくない。

「本当は流水で洗った方がいいんだけど」

「このあたりに水場はないな」

「水場……」

この調子では水道なんてものはないのかもしれないと想像すると、暗澹(あんたん)たる気分になるので、これ以上考えないことにした。

「ちょっと痛むかも」

そう告げて、ウェットティッシュでそっと傷口を押さえる。

少し染みるはずだが、アスランは傷口に触れても眉一つ動かさない。我慢強いのかな、と思いつつ、まわりの汚れもキレイに拭き取り、サキは慎重に絆創膏(ばんそうこう)を貼る。五センチほどの傷だったので、大判の絆創膏でなんとか覆(おお)えた。

「はい、できた」

アスランは絆創膏を貼られた肘(ひじ)をまじまじと見ている。

「貼り付いてるな」

「変な感じ?」

いや、とアスランは首を横に振った。そんな彼に、サキは念のために告げる。

「少しなら水とかにつけても大丈夫だから」

「うん、なかなかいいな」

アスランはそう言いながら腕を動かしている。動きの邪魔にならないように貼ってあるから、不自由はないはずだ。

「悪いな」

アスランが微笑(ほほえ)んでくれたことで、出会ったばかりではあるけれど、距離がほんの少し縮まった気がする。また、手当てをしている間にサキも砕けた口調になったが、彼はなんとも思っていないようだし、サキとしても話しやすくなった。

「じゃあ、行くか」

そうして、また森の道を歩きはじめる。すると、それほど経たないうちにアスランが振り返って言った。

「ああ、見えたぞ」

どきりとして足を止め、目を凝(こ)らしてみたところ、前方に小さな灯りがぽつんと見える。

「あれが、俺たちの住み家だ」

灯りがあることがこんなにも人を安心させるのかと、サキは驚きつつそちらへ近づく。ひとまず落ち着いて休める空間を期待したが、それは見事に裏切られた。

「え、ここ……？」

サキは口を開けて目の前の光景を見上げる。

そこにあったのは崩れかけた石造りの建物で、灯りがぼんやりついていなければ、廃墟(はいきょ)にしか見えない。

「元は、使われなくなった古い砦(とりで)だ」

「とりで？」

戸惑うサキをよそに、アスランは木の扉を軋ませながら開き、さっさと中へ入っていく。この建物の中にこそ魔物とやらが出てきそうだ……と思いつつも、サキは意を決して足を踏み入れた。

建物の内は意外と広く、廊下の先には階段が見える。

「一応、屋根はあるんだ……」

サキは天井を仰ぎ、いちばん気になっていたことを確かめた。

どういうところへ行くのかよくわからないままついてきてしまったが、石が積み上げられた壁はしっかりしているし、森でひとり途方に暮れるよりも安心できそうだ。

「へぇ……」

物珍しさにきょろきょろしていると、一階の奥から話し声が聞こえた。また、その方向に灯りが見える。アスランはそこにいるのだと思ったサキは、顔を覗かせた。

「お、お邪魔します……」

すると、広間らしき部屋にアスランともうひとり青年が立っていた。青年は、サキを見て慌てふためいている。

「ア、アスラン、ちょっと、え？　女の子だけど……？」

青年とは対照的に、アスランは平然と答えた。

「男だったらわざわざ連れてこない。陽が暮れはじめた森に女を置いてくるわけにはいかないだろう？」

「そうだけど……いいの？」

「かまわない。行く当てもないらしいしな」

それだけ言うと、アスランはとなりの部屋にすたすたと行ってしまう。

「い、いいのかな……」

アスランの後ろ姿を見送りながら独りごちている青年に、サキは声をかけた。

「あの、わたし、ご迷惑だったでしょうか？」

途端に、はっとして青年が振り返る。

「いや、ち、違うんだよ、ここ男ばっかりだから」

「え……」

サキはぽかんと口を開けてしまった。そして、慌てて首を横に振って言う。

「だ、大丈夫です、わたし、男兄弟の中で育ったんで、掃除が雑とか、いびきがうるさいとか、そういう細かいことは気にしません」

今度は青年がぽかんとする番だった。

「……あれ？　わたし、なにか変なこと言いました？」

サキがおそるおそる聞くと、青年は我に返った様子で頭を掻きつつ、ぼそりと呟く。

「そういう意味じゃないんだけどな……」

「え？」

大きな声で聞き返したところ、青年は少し困ったみたいに茶色い髪を掻き上げて微笑んだ。

「いや、なんでもない、ごめん。俺はダレン、よろしく」

「サキです。あの、お世話になります」

ダレンはやさしそうな青年だった。笑っているような細い目と落ち着きを感じさせる佇まいから、アスランよりもさらに年上に見える。

「ダレンさんは……アスランと、兄弟とかなんですか？」

控えめに尋ねると、畏まらずにダレンでいいよ、と言われた。

「アスランとは兄弟じゃないよ。ここにくるまでの間になにも聞いてないの？」

「うん、聞いたのは、魔物を退治してるってことだけ」

すると、ダレンが小さくため息をついた。

「仕方がないな、なんの説明もしてないなんて。——俺たちは傭兵団なんだ。俺は団員のひとりで、アスランは団長だよ」

「ようへい？」

おずおずと尋ねると、ダレンは不思議そうにサキを見る。

「傭兵って聞いたことないんだ？　うーん、なんて説明したらいいのか、国王軍の正規兵とは違う、雇われた兵ってこと。国王軍は主に対人戦だけど、傭兵は魔物と戦うのが仕事」

「そ、そうなんだ……」

よくわからなかったが、なにを聞き返したらいいのかもわからない。サキは少し考えてから、改めて質問をしてみた。

「その、傭兵団っていうことは、他にも誰かいるのかな？　森でラニエルっていう人には会ったけど、あの人もここの団員さん？」

「そうだよ、ここの一員で魔道師だ。あとひとり団員がいるけど、いま街へ行ってるし、明日の朝まで帰ってこないだろうね」

もう、魔道師という言葉に驚く元気もない。現実離れした単語ばかり出てきて、疲れてしまったのだ。

サキが肩を落としていたら、ダレンがはい、となにかを手渡してきた。

どう見てもボロ布だが、大きさからすると毛布かもしれない。

「もてなしてあげたいけど、ご覧の通りなにもないんだ」

ダレンの視線を追って室内を見回すと、建物の外見を裏切らない殺風景さだ。なにも載っていない大きなテーブルといくつかの椅子がある奥に、キッチンらしきものが見えた。

「だから、今日は君ももう寝た方がいいよ。アスランも疲れたみたいで、さっさと寝ちゃってると思うし。あるものは自由に使っていいからね。上の階は団員たちの部屋なんだけど、女の子を泊めてあげられるような状態じゃないから、できれば足を踏み入れない方がいいよ」

「え、えっと……」

サキがどこで寝たらいいのか困っていると、ダレンが慌てて付け足す。

「あっと、奥のキッチンに積んである干し草で寝るといいかな。朝方は少し冷えるから、かまどの中で寝た方がいいかもしれないけど。ああ、大丈夫、もう薪(まき)がなくて火は消えてるよ。くわしいことは、また朝にでも」

それだけ言うと、ダレンもそそくさと広間を出て行ってしまい、サキはひとりぽつんと残された。

どうも、ダレンは突然やってきたサキに戸惑っている様子だ。無理はない、得体の知れない娘とふたりきりというのも気まずいだろう。

だが、アスランもダレンも悪い人ではないようだ。

なんとか建物の中に入れたので、サキはひとまず安心していた。それに、ひとりになれてほっとしているところもある。なにしろサキも疲れているのだ。

「今日のところは、寝よ……」

ダレンに言われた通り、サキはキッチンへ向かった。キッチンは、ここで最後に料理をしたのはいつだろうかと思うほど、使用された痕跡がない。かまどの上に載っている大きな鍋はなにも入っていない上にひしゃげていた。木の蓋は床に転がっているし、フライパンは柄が曲がっている。

「なにこれ……」

とりあえず、落ちている木の蓋を拾い鍋の上に置いてみる。かまどの近くにある大きな瓶には水が溜めてあった。どうやら飲み水のようだ。

そばにあった木の杓子で汲んで、これまた近くに転がっていた木彫りのマグカップに注ぎ、飲んでみる。すると、びっくりするほどまろやかで美味しく、サキは幼い頃祖父の家で飲んだ山の湧き水を思い出した。

「本当に、寝るしかなさそう」

もう一度周りを眺めたサキは、そう呟くと借りた毛布を手に、キッチンの隅にある干し草の上に腰を下ろす。食べ物はなにもなかったが、夕方ラグビー部のみんなとラーメンを食べたばかりだったし、この状況では空腹を感じる余裕もなかった。

「そういえば、いま何時かな」

目を閉じる前に気になって制服のポケットをさぐったものの、携帯電話は入っていなかった。そういえば、あの爆発の時、手に持っていたので落としてしまったのかもしれない。持っていたとしても、電波どころか電気もなさそうなこの状況では役に立たないはずだ。あきらめて腕にはめている時計に視線を落としたところ、七時二十三分だった。しかし、よく見ると秒針が止まっている。

「これって……」

あの爆発の起きた時間だった。

どうやら、そのまま止まってしまったようだ。爆発の衝撃で壊れてしまったのだろうか。これは、高校に入学した時に三人の兄から贈られた大切な時計なのに。

ふいに家族の顔が胸に浮かんでくる。

みんな心配しているだろうか？

爆発したあとどうなっているかわからないが、サキが家に帰ってこないと騒ぎになっているかもしれない。

家族を想いながら時計にそっと触れてみると、どこにも傷はなかった。

「壊れたんじゃないといいけど……」

サキはまだ、この状況が夢だという可能性を捨てていない。もし現実だとしても、家へ帰る方法は、きっとある。そう信じるしかない。

サキは、バッグを枕に干し草の上に横たわり、毛布を体に巻き付けて目を閉じた。

もしかしたら、次に目が覚めた時は自分の部屋のベッドの上かもしれない。

そんな希望を持ち、無理矢理眠りにつくのだった。


どんな状況でも眠れてしまうのは、いいことなのか、そうではないのか。

翌朝、空腹を感じて目を覚ましたサキは、よくわからない場所でぐっすり眠ってしまったことを少し後悔しながら周囲を見回す。そこは自分の部屋ではなく、砦の古びたキッチンだった。

がっかりしつつも、大きく伸びをして起き上がった。干し草の上でちゃんと眠れるだろうかと思っていたが、意外と寝心地は悪くなかったし、疲れも取れている。

まず昨夜と同じように瓶から水を飲み一息ついていると、足音が聞こえてきた。

「おはよう」

ダレンが挨拶をしてキッチンへ入ってくる。

「おはようございます……」

サキははっとして、もつれた髪を手で直した。髪から干し草の屑がぱらぱらと落ちるのを見て、昨日は顔も洗っていなかったことに気づく。

「昨夜はよく眠れた？」

「なんか意外と」

図太いと思われるだろうかと少し心配したけれど、ダレンは特に気にした様子はない。そんな彼に、サキはおずおずと尋ねる。

「あの、アスランは……？」

「ああ、起きたらもういなかったけど、その辺りにいると思うよ」

「もう？」

窓から外を見てみたところ、夜が明けてまだ一時間くらいだろうか。サキは部活の朝練に行くために毎朝早起きをしているので、日差しを見るだけでだいたいの時間がわかるのだ。

「こんなに朝早くからなにを？　出かけていったなんて、全然気づかなかった……」

もしかして、アスランは干し草の上でぐうぐう眠り込んでいるサキの横を通っていったのだろうか？　そうだとしたら、女子としてかなり恥ずかしい。だが、後悔しても遅い。

「アスランは、毎朝早くから森で剣の鍛錬（たんれん）をしてるんだ」

「剣の……」

そう言われて、アスランが剣を持っていたことを思い出す。一体どんな鍛錬なのかは想像できなかったが、毎日朝練をしていると変換すると、彼に対する好感度がぐっと上がった。

「だから、もう少ししないと戻ってこないよ」

ダレンもサキと同じように瓶の蓋（ふた）を開けて水を飲み、そばにあった椅子に腰を下ろした。

「えーっと、わたし、なにか手伝うことあるかな？　朝食の用意とか」

そう聞いてみたが、ダレンは考え込むみたいに黙っている。

電気もガスもない環境では、料理ひとつとっても手間がかかるはずだ。そんな暮らしを送っている彼らからしてみれば、サキなんて見るからになにもできなさそうで不安なのかもしれない。

「そうだな……」

やがて、ダレンが腕組みをしながら言った。

「気持ちはうれしいんだけど……食べるものがなにもないんだよね、いま」

「え？」

サキは驚いた。なぜと思ったが、世話になっている身で事情を詮索するわけにはいかない。

「そ、そうなんだ……」

確かに、キッチンを見回しても冷蔵庫なんてものはないし、なにか食べ物がある様子はなかった。

「アスランに面倒を見るって言われてここに来たんだろうけど、悪いね。でも、ずっと食べるものがないわけじゃないんだ。もうすぐ街で買い出しをしたラニエルたちが戻ってくると思うから」

申し訳なさそうなダレンに、サキは慌てて言う。

「そんな、大丈夫！　えっと、だからラニエルは街へ行けってアスランに言われていたのかな？」

「ああ、そうだと思う。そういえば、もうひとりの団員には会っていないんだっけ？」

「昨日話していた人のこと？　会ってないよ」

「そうか……」

ダレンがなにかぶつぶつ呟いたが、よく聞こえなかった。

「じゃあ、ラニエルたちが帰ってくるまでにできることはないかな。なにもしないで待ってるだけって落ち着かないし」

そう言うと、ダレンが笑った。サキに対しての緊張が少し解けたようだ。

「そうだな……薪(まき)もなくなったし、森で枯れ枝でも拾ってこようか」

「うん、それならわたしにもできそう」

家族でキャンプに行った時、よく薪拾いをしたものだ。自分にもできることがあってよかったとほっとする。

「じゃあ、行こう」

椅子から立ち上がろうとしたダレンが膝(ひざ)を庇(かば)っているように見え、サキは気になった。

だが、そんなことを口に出せる間柄(あいだがら)ではない。なにも聞けないまま、とりあえずダレンと森へ出かけることになった。


森の乾いた空気の中、朝の光を受け、サキは気持ちよく枯れ枝を拾っていた。その途中、ダレンに問いかける。

「念のために聞くけど、このあたりにも……魔物とか出てくるのかな？」

昨晩、アスランは大丈夫だと言っていたが、一応確認しておきたい。

長い枯れ枝を鉈(なた)で適当な大きさに叩き割っていたダレンが、手を止めてサキを見た。

「このあたりはほとんど出ないから、心配ないよ。出ても、それほど害のあるものじゃない」

彼の言葉に安心し、サキは周囲を気にせず枯れ枝を集めて回った。

しばらくするとそこそこ薪が集まったので、ダレンがそれらを束にして手際よく紐で縛っていく。

「あ、わたしが持つ」

三束できたうちの二束をダレンが抱えたのを見て、サキは慌てて言った。

「え？　その一束を持ってくれたら十分だよ」

「大丈夫、わたし、重いものを持つのに慣れてるから」

これは本当だった。

ラグビー部の備品には重いものが結構ある。それに、水の入ったやかんをいくつも持ってグラウンドを行き来することもあるのだ。腕力には自信があった。

「平気だよ、これくらい」

「でも……」

食い下がるサキに、ダレンが不思議そうな顔をする。

「あ、あの、膝が痛いんじゃないかと思って……」

そう言った途端、ダレンの顔が強ばり、サキはやっぱり余計なお世話だったと後悔した。

「ご、ごめんなさい。その、なんていうか、立ち入ったことを」

「いや……」

枯れ枝を拾っている間も、時折膝を庇っていると気になっていたのだ。だからといって、怪我のことにずけずけと触れていいわけがなかった。

「本当に、ごめんなさい。わたしも膝を怪我したことがあって、それでちょっと気になって」

ダレンは手にしていた薪の束を足元に置き、その上に腰掛けた。

「……気づかれるとは思っていなかったよ。俺も一応、傭兵だからね、怪我のことはなるべく知られたくないんだ」

「そ、そうだよね……本当に、ごめんなさい……」

サキがしゅんとして立ち尽くしていると、ダレンが笑顔でとなりに座るようすすめる。

「いいんだ、昔の怪我が元で膝が痛むのは本当なんだから」

明るく笑ってくれるが、それでもほっとはできない。サキはダレンのとなりに座りつつ、言葉を選んで口を開く。

「あの、さっきも言った通り、わたしも膝を怪我して、柔道をやめなきゃいけなかったことがあって……」

「じゅうどう？」

耳慣れない言葉だったのだろう、ダレンが聞き返してくる。

「あ、えっと……」

スポーツと言っても理解してもらえるわけがないと思い、サキは違う言葉をさがした。

「なんていうか、それまで一生懸命がんばってきた好きなものが、膝の怪我で、できなくなっちゃったんだよね」

小学生の頃から打ち込んできた柔道の道が絶たれたのは、中学二年の終わり頃だ。全国大会準決勝目前で怪我をした時、サキは目の前が真っ暗になった。

そして柔道から離れ、失意のうちに高校へ進んだ。そこで、長兄のアドバイスでラグビー部のマネージャーとなり、これまでとは違う形でスポーツに関わっていくことで立ち直ったのだ。

「そうなんだ……俺も怪我をした時、生きていく術を失ったと思っていたよ」

それで生計を立てていたのであれば、ダレンの怪我の意味は、サキよりも深刻なはずだった。

サキが真剣な表情で見つめる先で、ダレンが言葉を続ける。

「でも、そんな時、アスランが……」

「アスランが？」

どういうことかと思い先を促すと、ダレンが声を上げた。

「あ、あれ」

彼が指さした藪の中に、なにか赤いものが見える。

「コケモモだ」

聞いたことのある名前だった。立ち上がってダレンと一緒に近づいてみたところ、小さな赤い果実がたくさんなっている。サキはダレンを振り返った。

「これ、食べられるの？」

「ああ、ちょっと酸っぱいけど、美味しいよ」

そう言いながら、ダレンがいくつか実を採って渡してくれる。朝露に濡れている実からさわやかな香りがして、お腹が空いていたサキはためらわず口にした。

「美味しい……！」

甘酸っぱい味が口の中に広がり、昨夜からなにも食べていない体に染み渡るようだ。夢中でいくつも頬張っていると、ダレンに笑われる。

「これは、煮詰めてジャムにしても美味しいんだ」

「それだったら、わたしもできると思う」

家庭科の授業で一度、イチゴのジャムを作ったことがあったのだ。

「うん。でも、いま砦（とりで）に砂糖はないんだけどね」

申し訳なさそうにダレンが言う。そうだった、料理は食材がなければ完成しないのだ。砦には、確かに水しかない。

「砂糖って、やっぱり買ってくるしかないのかな？　どこか街に行けば売っているの？」

「そうだね。ただ砂糖は少し高価だけど」

サキは、できればいつか街へ行ってみたいと思った。この世界に迷い込んでから一晩しか経っていないが、いろいろと興味が湧いてきたのだ。

「摘んだコケモモを入れるものってなにかある？　わたしは……」

ポケットからハンカチを取り出していると、ふいにコケモモの茂（しげ）みが音を立てて揺れた。

「……っ！」

思わずダレンの背中にしがみついた途端、茂みの中から茶色い影が飛び出してくる。一瞬動きを止めたそれは、茶色い毛皮に長い耳をしたウサギだった。

「ウ、ウサギーっ!?」

サキは驚きすぎて見たままを叫んでしまう。

「う、うん。野ウサギだね」

だから落ち着いて、とダレンになだめられる。

ウサギは、しばらく飛び跳ねてからこちらを振り返り、恐怖に硬直しているサキを警戒するようにじっと見つめた。そして鼻をぴくぴくさせ、また近くの草むらへ消えていく。

先ほどのウサギは、サキがよく知るウサギとは少し違っていた。毛皮はくすんでいて、体つきも俊敏そうだったのだ。ペットとして飼われているものとは、種類が違うのかもしれない。

「えーっと、大丈夫？」

ダレンの声にはっと我に返ったサキは、彼に思い切りしがみついていることに気づいた。

「ご、ごめんなさいっ！」

慌てて離れると、気にしないでと言わんばかりにダレンが微笑む。

「あの、魔物かと勘違いしちゃって。アスランに話は聞いてたんだけど、いままで見たことがないから、必要以上にこわく思っちゃうっていうか……」

「そうなんだ。サキの住んでたところに、魔物はいないの？」

「う、うん……ああいうウサギとかはいるんだけど、それも普段は見かけることがなくて……」

サキの生活環境では、ペット以外の動物を間近で目にすることはほとんどなかった。

「へえ、南の海には魔物がいない島もあるそうだけど、サキはそこから来たの？」

「ううん、違う……」

ダレンが、あらためて不思議そうにサキを見つめる。不審がられても仕方ないが、ここにいる限りそれがついてまわるのかと思うと、少し居心地が悪い。

「とりあえず砦(とりで)へ戻ろうか。そろそろラニエルたちも街から帰ってくるだろうし」

ダレンの提案にうなずいてコケモモをハンカチで包んでいると、また草むらが揺れる。サキが悲鳴を上げそうになった時、アスランが現れた。

「ア、アスラン……？」

「声が聞こえたから、このあたりにいると思ってきてみたんだ」

「声？」

どきりとして、サキは彼に尋ねてみる。

「ああ、なにか叫んでいたろう？」

一体どこまであの悲鳴が聞こえていたのかと思うと恥ずかしくて、サキは手にしているコケモモを握りつぶしそうになった。

「アスラン、それ」

ダレンが声をかけると、アスランは手にしていたものをかかげた。

「沢でつかまえてきたんだ。飯(めし)の足しになるだろう？」

種類はわからないが、大きな魚が三尾、草の蔓(つる)で器用に束(たば)ねられている。銀色の鱗(うろこ)が眩(まぶ)しいほどにきらきら輝いていて、新鮮そのものといった様子だ。

「すごい、どうやってつかまえたの？」

見たところ、アスランは釣り具などを持っていない。

「手で」

あっさりとそう言って、アスランはサキを驚かせた。

ラニエルたちが戻り次第、魚を焼いて食べようということになり、サキたちは砦へ戻った。

サキは、いまかいまかと彼らの帰りを待っていたのだが、待てど暮らせど、ラニエルたちは帰ってこなかった……

間の悪いことに、翌日は朝からどしゃぶりの雨で沢が増水し、午前中はコケモモや魚を採りに行くどころではなくなってしまった。

魚は昨晩に食べ切ったため、サキは空腹で半日ぐったりして過ごしたが、アスランたちは慣れているのか、それほどお腹が空いている様子も見せず、広間で剣の手入れをするなど思い思いに過ごしていた。

「早く雨上がらないかな……」

雨さえやめばラニエルたちが帰ってくるはず、とサキは祈るように窓から外を眺めていた。

この世界の食糧事情はよくわからないが、食べるものがあまり簡単に手に入らないのかもしれない。とにかくサキとしては、料理らしい料理が食べたかった。砦でぼんやりしていると、いつも食べていた料理が次から次へと浮かんできてしまう。

「ハンバーグ……ううん、おにぎりでもいい……」

その切なる願いが通じたのか、午後になると雨が上がった。重く垂れ込めていた雲が切れ、そこから光が差している。

「雨が……上がった……！」

「本当だ」

サキのとなりで、アスランが窓から外を見た。

「だが、沢で魚はまだ捕れないだろうな」

雨が上がっても、沢の増えた水はしばらく戻らないらしい。

「でも、森にはなにかあるよね？」

このまま砦でじっとラニエルたちの帰りを待っていても、お腹が空くばかりだ。

天気と共に気分は明るくなったが、いかんせん空腹で体にあまり力が入らない。サキはのろのろと立ち上がり、とりあえずアスランと外へ出る。

「コケモモだけじゃなくて、他になにか食べられる実がなってるところとか、ないかな？」

「そうだな……」

アスランが考え込んでいると、声が聞こえてきた。

「あれ……」

「ラニエルとテオだな」

サキよりも背の高いアスランには、森の小道を歩いてくる人影がよく見えたらしい。テオという名前ははじめて聞いたが、きっと、あとひとりいるという団員なのだろう。

「帰ってきたんだ？」

ダレンも外へ出てきて、手で庇を作って道の向こうを見ている。

「よかった……！」

これでなにか食べられる！　サキはそれしか考えてなかった。

「アスラン！」

駆け寄ってきたラニエルが息も絶え絶えに何事か説明しようとしているものの、なかなか言葉が出てこない。その姿を見て、サキは嫌な予感がした。彼が手にしているのはあの古びた本だけで、他にはなにも持っていないのだ。

「よお、帰ったぜ」

軽く手を上げてラニエルの後ろから悠然と現れたのは、いちばん年長に見える青年だった。あっさりした顔立ちはどこか不機嫌そうで、薄茶色の長い髪を後ろでひとつに束ねている。

「ずいぶん遅かったな」

アスランが声をかけると、テオはまあな、と明後日の方を向いて答えた。ますます嫌な予感がする。テオという青年も手ぶらだ。

「ふたりとも雨で帰ってこられなかったんだよね？」

そうダレンが尋ねると、ラニエルが言いにくそうに口を開いた。

「僕が街についたら、テオさんが……酒場で一杯やってて」

自然と、みんなの視線がテオに集まる。

「それで、僕が声をかける前に、テオさんは他の酔客とケンカになって……」

今朝まで牢屋にぶち込まれていた、とラニエルは続けた。

「またか……」

少し呆れたように言うアスランに、テオは目を逸らしたまま黙っている。

「でも、テオさんが悪いんじゃありません。たちの悪い客にからまれていた酒場の女の人を助けただけなんです、多少やり方は乱暴でしたが――」

ラニエルの説明を、テオが大声で強引に遮った。

「おい、ラニエル！　おまえ、余計なこと言ってんじゃねーよ！」

テオという青年は、雨の日に子犬を拾う不良のような人……なのだろうか？　だが、いまのサキにはそんなことよりも気になることがあった。

「それで？　わたしたち、ラニエルたちが帰ってくるのをずっと待ってたんだけど」

サキが口を挟むと、ラニエルが明らかにむっとした表情でこちらを見た。その顔にははっきりと『まだいたのか、コイツ』と書かれている。そこでテオもやっとサキのことに気づいたのか、こちらに目を向けた。もともと険しかった表情がなぜかますます険しくなる。

「……なんだ、このブスは」

「ブ、ブス？」

面と向かって言われ、サキは唖然とした。容姿にそれほど自信があるわけではないが、初対面でブスと罵られるいわれはない。

「口が悪いぞ、テオ。サキは事情があって保護したんだ」

しばらく砦に置くことになった、と続けたアスランが、経緯を簡潔に説明する。テオは黙って話を聞く間も、胡散臭そうにサキを見ていた。

「ふーん……」

テオがじろじろとサキの顔を眺めて眉を寄せる。さっきのこともあって、あまり素直に挨拶する気は起きなかったが、世話になっている身だ。

「よ、よろしくお願いします……」

サキが頭を下げると、テオが腕を組んで不満げに言った。

「おい、なんか企んでるならとっとと出て行け」

「え？」

サキはぎょっとした。そんな彼女を見下ろしてテオが言い募る。

「おかしな話だろ、こんな若い女が傭兵団に世話になろうなんてよ。おい、おまえ、俺たちに取り入ってどうするつもりなんだよ」

「と、取り入るなんて、そんなこと……」

テオは、狼狽えるサキにさらに詰め寄ろうとした。しかし、彼の肩をアスランが掴む。

「テオ。ここ数日一緒にいて、サキに不審なところはなにもなかった。家に帰れなくなって本当に困っているだけだ」

「アスラン……」

サキはアスランの言葉に驚いた。彼は、サキのことにあまり関心がないのかと思っていたのだ。

「そうだよ、テオ。サキはいい子だし、それに、俺たちに取り入ってなにか得すると思う？」

ダレンがそう言うと、みんな黙り込んでしまった。なにも得がなさそうだと気づいたようだ。だが、テオはまだ納得がいかないらしく疑いの目でサキを見ている。

「だからあやしいんだろうが」

あまり気分はよくないが、サキとしても警戒されても無理はないと思う。テオの不信感を払拭することがお互いのためになるだろう。それには、サキがなにか役に立ってみせるべきだと思うが……

サキが考え込んでいる横で、アスランはまたテオに話しかけた。

「それで、テオ。報奨金は？　見たところ街でなにも買ってきていないようだが」

アスランの言葉に、ラニエルがじっとテオを見る。

「……それが、報奨金はテオさんを牢屋から釈放するのに使ってしまって」

砦で待っていた三人が顔を見合わせた。

「ということは、つまり？」

今度はダレンが問いかける。すると、ラニエルが目を逸らしながらごにょごにょと言った。

「なにも……買い出しできなかったんです」

その言葉に、サキはふっと気が遠くなる。意識が途切れる寸前、アスランの腕に抱きとめられたようだったが、そのまま目の前が真っ暗になった。

いいにおいがする……

はっとサキが飛び起きると、笑い声が聞こえてきた。

「本当に、食べ物のにおいで起きたな」

誰かの言葉に呆然としつつあたりを見回すと、アスランたちがたき火を囲んでサキを見ている。

どうやら気を失ったあと、木の下に転がされていたらしい。体が強ばっていて背中が痛む。

また見慣れた景色の中で目が覚めなかった、とサキはがっかりしつつも、においにつられて立ち上がった。

たき火には串刺しにされたなにかの肉が立てかけられ、じゅうじゅうとあぶられている。

「に、肉……？」

アスランに手招きされるまま彼のとなりに腰を下ろすと、串焼きにされた肉を手渡された。

「これ……どうしたの？」

肉はこんがりと焼けていて、思わずお腹が鳴ってしまう。

「テオが捕ってきてくれたカモだよ」

そう言うダレンも美味しそうに肉を頬張っている。ラニエルはすでに食べ終わったのか、膝に置いた本を読んでいた。

「彼は、弓の名手ですから」

ラニエルの口調には自慢気な色が滲んでいた。テオはこの傭兵団の大事な一員なのだろう。

黙って向かいに座っているテオを見ると、ふっと目を逸らされる。串焼きにされている肉はたくさんあり、サキは、こんなにカモを捕ってくるのは大変だったのではないかと考えた。もしかしたらテオは、報奨金を自身の釈放に使わせたことを、悪かったと思っているのかもしれない。

だが、肉を目の前にしているうちに、肉のことしか考えられなくなってしまう。

「い、いただきます……」

サキは両手で串を支え、ぱくりと肉にかぶりつく。香ばしく焼けた皮がぱりっと音を立て、その奥からたっぷりと肉汁が溢れてくる。

「あ、熱っ」

気をつけて食べろ、とアスランに言われたが、サキはうなずくだけで、はふはふと夢中で食べた。

「う……っ」

小さくうめくと、となりにいたアスランが顔を覗き込んでくる。

「どうした？」

「お……美味しい……っ」

鼻の奥がじん、と熱くなり、サキの口から感極まった声が漏れた。

数日ぶりの温かい肉に心が満たされる。塩で味つけされているだけなのに、体の隅々まで力が漲るようだ。

「こんなもんで感激してんじゃねーよ！」

立ち上がったテオに怒鳴られたけれど、サキはかまわず肉を食べた。肉はあっという間に胃に収まり、手には骨と串だけになってしまう。

「落ち着いて食べていいんだぞ。まだたっぷりあるから」

アスランにもうひと串渡され、それも脇目も振らずに食べていると、ふいに視線を感じた。顔を上げたところ、団員たちがじっとサキを見ている。

「え、なに……？」

そう聞きつつ、慌てて口の周りを手で拭う。

「いや、気持ちいいくらいよく食べるね」

ダレンが笑うと、テオが、けっ、と毒づいた。

「女のくせにがっついてるから、思わずまじまじ見ちまったぜ」

なにを言われても、いまのサキは気分が悪くなりそうもない。本当にしあわせな気分だった。それから三串食べ、お腹いっぱいになってやっと人心地がついた。

「ごちそうさまでした」

サキがテオにそう感謝すると、彼は吐き捨てるように言う。

「報奨金がなくてもこうして食っていけるんだから、文句ねーだろ」

テオはさっさと立ち上がって砦の中へ入っていった。

これで食べるものの心配がなくなって一安心、そう思ったのだったが……

それから数日後。相変わらず傭兵団に世話になっているサキは、森へ薪を拾いに出ていた。

「……まだ寝てるのかな？」

帰ってきた時にキッチンから広間を覗いてみたけれど、誰もいない。

太陽はとっくに昇っているが、どうやら今日もテオは狩りに出かけることなく砦で眠りこけているようだ。広間の壁には、彼の弓が掛けっぱなしになっている。

大口を叩いておきながら、あれからテオは毎日ごろごろしていてろくに狩りに出かけない。理由は、『俺は猟師じゃねーんだよ』だそうだ。彼の言い分を思い出してうんざりしていると、窓の外をアスランが通りかかった。

「アスラン、どこへ行くの？」

アスランは日中、剣の鍛錬でほとんど砦にいない。ちなみに、ラニエルは二階にいるのかあまり姿を見せないし、ダレンは雑用などをしている。

「沢に行って魚を捕ってくる」

「わたしもついて行っていい？」

アスランがどうやって魚をつかまえているか見てみたいし、少しでも手伝えることがあれば、と思ったのだ。

アスランがかまわない、とうなずいたので、サキは新鮮な気分で外へ向かった。

「わあ、きれいな水……」

砦から十五分ほど歩くと、沢に着いた。水は澄んでいて、水底にある大小の丸い石がはっきり見えるほどだ。流れの中にキラキラと魚の背が光り、せせらぎが耳に心地いい。

「サキ、その角につかまえた魚を入れる囲いを作ってくれ」

「あ、はい」

アスランに頼まれ、サキは靴を脱いでそっと水に足を浸けてみた。はじめはひやりとしたが、気持ちのいい冷たさだ。そして、腕まくりをしてから手頃な石を積み、川の浅瀬に手早く囲いを作った。幼い頃、兄たちと川遊びをした時に作ったことがあったのだ。

でき上がったのでアスランを見ると、彼は上半身裸の姿で川の中に立っている。サキは男兄弟で見慣れていたので特別驚きはしなかったが、兄たちとは違うアスランの体つきに目を奪われた。スポーツで鍛えたのとは違い、無駄のない実用的な筋肉だ。体のあちこちに傷があり、厳しい日々を生き抜いてきた凄みを感じた。

アスランはじっと水面を見つめている。ふいにすばやく腕を動かし、強い水流を泳ぎ切ろうとして水面から飛び出した魚をはし、と掴んだ。

「サキ！」

掴んだ魚を、アスランはサキに投げてよこした。

「わっ！」

サキは慌てながらもなんとか魚を掴み、囲いの中に放す。

水の流れに逆らって川の上流を目指す魚は意外に多く、アスランは次から次に魚をつかまえていく。

彼が本当に魚を手でつかまえていたことはもちろん、いつどこから飛び出してくるかわからない魚に、あれほど素早く反応できることにサキは驚いていた。動体視力検査をすれば、アスランはトップアスリート並みの高得点を叩き出すに違いない。

サキは、こうして反射速度を鍛えているらしき彼のストイックさに感心すると同時に、ラニエルとテオはなぜ毎日ごろごろしているのか、と心にひっかかった。

「これくらいでいいか」

アスランが、上着を肩にかけながら川岸に戻ってくる。

一時間もせず、囲いは魚でいっぱいになっていた。テオがサボっている分、多めに捕ってくれたのかもしれない。アスランはサキのいる川岸にくると、川の水で顔をざぶざぶと洗って近くの岩に腰掛けた。

「お疲れさま」

前髪からしずくを滴らせつつ、大したことない、とアスランが微笑む。

「ここ、水がすごくきれいだね」

「ああ、このあたりに住んでいる者はいないからな。水も汚れない」

飲んでも美味いぞ、と言われ、サキは手で水をすくって飲んでみた。

「本当だ、美味しい……水浴びしても気持ちよさそう」

「すればいいだろう？」

アスランのあっさりとした返事に、サキは目を丸くする。

「なんだ？　なにか問題あるのか？」

その時、この世界に迷い込んでから一度も風呂に入っていないことに気づいた。これまでそんなことを考える余裕もなかったが、あらためて気づくと愕然(がくぜん)としてしまう。水浴びでも、できればうれしい。

「そ、そうしてみよっかな」

バッグの中にはジャージと下着の替えも入っていた。マネージャーといえど季節によっては着替えが必要なくらい汗をかくし、汚れるからだ。

「わたし、砦(とりで)で着替えをとってくる！」

「ダレンに言って石けんを借りてくるといい」

「そんなものがあるの？」

サキが驚いて問い返すと、アスランが苦笑する。

「それくらいある。ただ、洗濯用だがな」

「洗濯用……」

そういえば、とサキは着ている制服を見た。ずっと着たきりだったせいで薄汚れている。川の水でじゃぶじゃぶ洗うのもどうかと思ったが、なにもしないよりはましかもしれない。

「じゃあ、ついでだから、いま着ている服も洗ってみる」

サキは急いで砦へ戻り、ダレンをさがした。

「あれ……？」

ダレンはキッチンか広間にいることがほとんどだが、いまは姿が見えない。二階にいるのかと思い声をかけてみたものの、返事はなかった。

他に心当たりはないのであきらめようかと考えた時、庭に井戸があることを思い出した。洗濯物が干されているのを見たことがないが、なにかを洗うなら井戸の端だろうし、そこに石けんが置いてあるかもしれない。

サキは着替えの入ったバッグを持ち、井戸へ向かう。その近くまできたところで物音に気づいた。不審に思って音のする方へそっと近づいていくと、井戸の周りの開けた場所で、ダレンが槍を振るっているのが見えた。

いままで、ダレンが槍を手にしているところなど見たことがない。膝を怪我して魔物退治に行くことはなくなったと聞いていたが、彼はこうして鍛錬を怠っていなかったのだ。

サキは足元に気をつけながら道を戻り、大きく息を吸う。

「ダレン？　あれ、いないのかなー？」

自分が近くにいるのをダレンに知らせるつもりで、サキは大きな声を出した。鍛錬する姿を見たと知れば、彼はきっと気にすると思ったのだ。

「サキ？　ここだよ」

しばらく経ってようやく声が返ってきたので、サキは木の陰から顔を出す。すると、ダレンはもう手に槍を持っていなかった。そのあたりの草むらに隠したのだろう。

「あ、こ、こんなとこにいたんだ」

「どうしたの？　アスランと一緒じゃなかったのかい？」

ダレンの額にはうっすらと汗が浮いているが、表情はいつもと変わらず落ち着いている。

「そうそう、それで沢の水がきれいだし、水浴びしようと思って石けんを借りにきたんだけど」

「石けん？　洗濯用だよ？」

「うん、いま着ている服も洗いたいから。それに、なにもないよりいいかと思って」

ダレンが井戸に近寄り、そばにあった桶の中から石けんを取って渡してくれる。クリーム色のそれはレンガのような大きさで、ずしりと重く、なんの香りもしなかった。

「これ、石けんだったんだ。石かと思ってた。ずいぶん大きいし」

「洗濯用だからね」

というより、普段誰も洗濯をしていないから減らずに大きいままなのでは、と感じた。だが、あまり想像したくないので考えるのをやめる。

「そういえば、ダレンは……なにしてたの？」

一瞬の間があったが、ダレンは動揺している様子を少しも見せずに答える。

「ああ、水瓶の水を汲みにきてたんだ」

瓶の水は、毎朝アスランが汲んでいることをサキは知っていた。やはりダレンは、ひとりで槍の鍛錬をしていたと言いたくないのだ。

「そ、そうだったんだ、手伝おうか？」

「大丈夫だよ、これくらい。それより陽がかげる前に水浴びしないと、風邪をひくんじゃないかな？」

そっとしておこう、と決めたサキは、ダレンに礼を言って沢へ急ぐことにした。

そして沢に戻ると、意外なことにアスランと共にラニエルの姿があった。

「あれ、ラニエル？」

ラニエルはなにやらアスランと話をしていたようだが、サキの顔を見ると露骨(ろこつ)に目を逸(そ)らす。

「どうしたの、ラニエル」

「別に」

そっけなく返され、サキは内心でやれやれ、とため息をつく。

「石けんはあったか？」

アスランにそう聞かれたので手にしていた石けんを見せると、川辺の岩に座っていた彼が立ち上がった。

「じゃあ、行くか」

「どうしたんですか？」

促(うなが)すように自分の肩を叩いたアスランに、ラニエルが不思議そうに視線を向ける。

「サキがいまから水浴びするんだ。ここにいるわけにいかないだろう？」

「え！　こ、こんなところで？」

ラニエルが驚いた顔でサキを見た。

「女の子が、誰がくるかもわからないところで水浴びしていいわけないでしょう？」

ラニエルの動揺ぶりと、そんな心配をしてくれることにサキの方こそ驚いてしまう。

「そ、そうかな……？」

唖然としていると、アスランが言った。

「心配なら、おまえも一緒に見張っていてやるんだな」

ラニエルがはっと我に返ったようにアスランを見て叫ぶ。

「な、なんで僕が！」

「見張っててくれるの？　誰も来そうにないけど……」

いままで、この森でアスランたち以外の人間の姿を見たことがなかったし、先ほどこのあたりには誰も住んでいないと聞いたばかりだ。

「そうは言っても、なにも身につけていないのにひとりでいると心細いだろう？」

意外と女心がわかるアスランに感心した。確かに、あたりを気にして慌てて水浴びをするのではなく、せっかくだから心置きなく隅々まで体を洗いたい。

「じゃあ、お願いしてもいいかな？　なるべく急いで洗っちゃうから」

「ああ、まかせろ。少し離れたところにいるから、なにかあったら大声で呼ぶんだぞ」

そう言って、アスランは嫌がるラニエルを連れて行った。しばらくして、ここへ繋がっている山道の方を見張れとラニエルに指示をしている声が聞こえてくる。

「さてと……」

一応あたりを見回してから、サキは着ているものを全部脱いで、少し深くなっている流れに飛び込んだ。

「冷た……っ」

はじめはひんやりとしたが、すぐに慣れて水の中で手足を伸ばす。思った以上に気持ちよくて肩の力が抜けていく。しばらく水の心地よさを楽しんでから、まずは着ていたものを洗うことにした。石けんの泡立ちはあまりよくなかったが、ごしごしと制服を洗うと、意外と汚れが落ちていく。すすいで固く絞った制服を近くの岩の上に置き、それから自分も石けんで洗う。その間は、この困難な状況を頭の隅に追いやることができた。これからどうなるのか、家には帰れるのかという不安が、水に流れていくかのように薄れていく。

「ふう……」

髪も肌もやや軋む洗い上がりだったが、さっぱりした。

あまりアスランたちを待たせても悪いし、とサキは置いておいたタオルを手に取る。そして岩場に上がろうとした時、後ろから水に小石が落ちる音がした。

「……え？」

振り向いたところ、水面に人影が映っている。

「……っ！」

はっとして顔を上げると、少し離れた低い崖の上にテオが立っていた。

サキは咄嗟に悲鳴も出せず、呆然としたままテオと見つめ合ってしまう。

「な……な……」

なぜここに、という言葉すら出てこない。やがて、テオが慌てふためきだし大きく口を開いた。

「うわあああ！」

その悲鳴で、サキもようやく我に返ったのだった。


「どういうことなの、テオ」

あれから、アスランたちが駆けつけてくれる前に、サキはタオルを体に巻き付けてなんとか川から上がった。

本当はその場でテオを問い詰めたかったのだが、このままでは体が冷える、というアスランの提案でジャージに着替え、しぶしぶ砦へ戻っていた。

そして、苦虫を噛みつぶしたような顔をしているテオに、あらためて詰め寄っている。

「どうって、なにがどうってことだよ？」

はぐらかされ、サキも苛立ちを隠せなくなる。

「たまたま通りかかっただけなの？」

あんなところをわざわざ通るとは考えにくいけれど、最初から疑ってかかるのも、と思ったのだ。

だが、テオは答えない。

「だったら……」

覗いていたのでは、と自分から言い出すのもためらわれて、サキは口ごもった。すると、テオがにやりと口の端を上げる。

「だったら、なんだ？　俺がなにしてたって言いたいんだ？」

「わたしは！　たまたま通りかかったのか、そうじゃないのかって聞いてるの！」

「たまたま通りかかったんじゃないって言ったらどうするんだ？」

テオが平然と答える。ばつが悪くて開き直っているのかもしれないが、予想外の反応に、サキはたじろいでしまう。

はじめは、男ばかりのこの砦に世話になることも、状況が状況だけに仕方がないと思っていた。それに数日間は食べるものにも事欠いていた事情もあって、身の危険など感じる暇もなかった。

そもそも、テオにはブスだと言われていたし、注意など払っていなかったのだ。だが、そういう目で見られていたのだとしたら、どうしたらいいのだろう、と急に不安が押し寄せてくる。

「ったく、転がり込んできたくせにぎゃーぎゃーうるせえんだよ」

荒々しく椅子に座り直したテオが、どっかりと足をテーブルに載せた。

「こいつ、もう売り飛ばしちまおうぜ。金も手に入るし、うるさいのもいなくなる」

いい考えだろう？　とテオはみんなの顔を見回す。アスランは無表情で、ダレンは少し困った顔、ラニエルはいいかもしれない、と思っているように見えた。

彼らの顔を確かめて、サキの中で張りつめていたものが、ふっと切れた。いままで抑えていたものが込み上げてくる。

「……迷惑だろうとは思ってたけど……わたしだって好きでこんなとこにいるんじゃない……」

勝手に口が動き、本音が漏れる。

「突然、全然知らない場所にわけもわからず放り出されたんだよ。それまでは、毎日三食美味しいご飯が食べられて、薪なんていらない生活をしてたの。全部電気でできるんだから、灯りも、料理も！　水だって井戸から汲まなくてよくて、蛇口を捻ればいくらでもでてくるの、信じられる？」

サキは、感情のままにまくしたてた。

「家族だっているの。みんなやさしくて、お父さんも、お母さんも、兄さんたちも……きっと心配してるのに……」

どうして、自分はこんなところにいるのだろう……

たまたま助けてもらっただけで、サキはここで暮らしたいわけではない。家に帰りたいのだ。

「……わかった。もういいよ。わたしこそ、ここにいても仕方ない気がする。短い間だったけど、お世話になりました」

サキは持っていたバッグを手に外に飛び出た。陽が暮れかけているが、かまわない。

魔物だって、いままで一度も見ていないし、先日テオたちが戻ってきた道から、その方向に街があるのだろうと目星をつけていたのだ。

怒りにまかせてサキは小道を走った。アスランたちとは、ほんの少しの間一緒に過ごしただけで、なにも寂しくないし残念でもない。街へ行けばなんとかなるかもしれない、と自分自身に言い聞かせながら。

「……っ」

どれくらい走っただろう。

さすがに息が切れてきて、サキは足を止めた。

荒い呼吸が収まってくると、あたりの静けさに気づく。それから、なんてことを言ってしまったのだろうと後悔が押し寄せてきた。アスランたちは好んで不便な生活をしているわけではない。サキが当然だと思っていた生活と比べていいはずはないのに……

だが、後悔したところでもう遅い。

ここで立ち止まっていても仕方がない、とサキはバッグを肩に掛け直し、とぼとぼと歩きはじめる。しばらくして、誰かの声が聞こえてくるのに気づいた。

「ま……待ってください……っ」

まさか、と振り返ると、息も絶え絶えにラニエルが走ってくる。

「ラニエル……？」

ラニエルが追ってきたことにサキは驚いた。後悔と気まずさが心の中で複雑に混じり合い、思わず口が動く。

「ひ、引き止めたって無駄だから！」

追いついたラニエルにそう告げると、荒い呼吸を繰り返す彼に睨みつけられる。

「べ、別に……引き止めにきたわけじゃ……ありません」

そう言われると、期待していたわけではないのに、少しがっかりしてしまう。同時に、だったらなにをしにきたのかと腹立たしくなる。

「じゃあ、わざわざどうしたの？」

「このまま……もう二度と会うこともないなら、一応伝えておかなくては、と思っただけです」

「なにを？」

ラニエルは息づかいが落ち着くと、きっぱり言った。

「あなたが、元の場所に戻る方法です」

ざわざわと風が森の木々を揺らす音が耳を通り過ぎていく。

まるで時間が止まったかのように、サキは呆然と立ち尽くしていた。

「家に帰る方法を……知ってるの、ラニエル？」

一瞬、なぜすぐに教えてくれなかったのかと思ったが、黙ってラニエルの言葉の続きを待つ。

「実はテオさんが牢屋にいる間に、少し調べたのです。それで砦(とりで)に帰るのに時間がかかって……そんなことはどうでもいいですが……あなたがここに迷い込んだ原因は魔法ですから、国王に仕える宮廷魔道師なら、あなたを元の場所に戻せるかもしれません」

「宮廷……魔道師？」

ラニエルはうなずいた。

「宮廷魔道師は、国王に仕える強い魔力と知識を持つ魔道師です。過去にあなたのような人から相談を受けたことがあるとかないとか。どうにかできるとすれば、彼らしかいないでしょう」

サキは、真っ暗だった目の前に、明るい光が差してきた気がした。ラニエルの肩を掴んで揺さぶりながら尋ねる。

「その人は、どこにいるの？　どうやったら会えるの？」

「ちょ……やめ……」

がくがくと揺さぶられ、ラニエルは目を白黒させている。

「ご、ごめん」

サキが手を離すと、荒い呼吸のラニエルに睨（にら）まれた。

「宮廷魔道師は、その名の通り宮廷にいます。ここからいちばん近くの街は、コンラン。そこから、さらに西へ三日ほど行くと城下街マールディールです。そこの王城に、国王と宮廷魔道師がいますよ」

「城下街マールディール……」

サキはその街の名を忘れないように、心の中で復唱した。

「そこに行って、その宮廷魔道師って人にどうやったら会えるのかな？　なんか簡単に会えそうにないけど」

「さあ？　そこからは自分で考えてください」

ラニエルは冷たくサキを一瞥（いちべつ）し、踵（きびす）を返した。

「待って、ラニエル！」

サキが叫ぶと、面倒くさそうにラニエルが振り返る。

「もう、これで責任は果たしたと思いますけど？」

「ち、違うの。その、あんまり動かない方がいい……かもよ？」

ふしゅるるる、と生臭い息を吐く音が聞こえてくる。夕暮れの森に、光る目が三つ。森の動物ではなく、これが魔物なのだろう。

「ラ、ラニエル……」

まがりなりにも彼は魔道師で、傭兵団の一員だ。きっと問題なく退治してくれると思ったが、ラニエルは息をのんで立ち尽くしている。再び声をかけると、はっとして手にしている本を開いた。

彼が開いた本の上に手をかざすと、ぼんやりとページが光り出す。

「……この書に刻まれし太古の文字よ、目覚めよ、そして我が力となれ……」

ラニエルが本にかざしていた手を魔物の影に突き出すと、稲妻のようにその先が光り、空気を震わせる衝撃があった。

「や、やった？」

見ると、近くの木の枝がめりめりと音を立てて落ちているけれど、魔物の影はびくともしていない。

「ちょっと、ラニエル？」

「う、うるさい！　集中できないでしょう！」

またラニエルが本に手をかざすが、なぜかページは光らない。はらはらして見守っていたサキは、こうしてはいられない、と足元にあった石を手に取った。

「……このっ！」

サキは大きく振りかぶり、魔物目がけて石を投げつける。小学生の頃は少年野球チームにも入っていたので、コントロールには自信があった。投げた石は避けられてしまったが、魔物が後退ったため、少し距離ができた。サキは、再び手近な石を拾って構える。

「わたしが引きつけるから、ラニエルは集中して！」

「余計なことを……！」

そうは言いながらも、間合いができたことで気を取り直したのか、ラニエルはしっかりと立ち、再び本に手をかざす。今度こそ本のページから強い光が放たれた。

「封じられし書の魔力よ、我は汝を解き放つ者なり……」

ラニエルの周りに風が巻き起こり、空気が切り裂かれるような音と衝撃が走る。だが、また魔物のはるか右の木の幹が鋭くえぐれただけだった。

「お、おしい……のかな？」

命中すれば、魔物にかなりの深手を与えたに違いない。しかし、どうやらラニエルはとことんコントロールが下手なようだ。

「ラニエル、もっと左、左を狙って！」

これまでの攻撃は、すべて魔物の右に逸れている。あらかじめ右に逸れることを意識して狙えば命中するはずだ。

「そんなこと言われてすぐ調整できれば、苦労しませんよ！」

ふたりでああだこうだと言い合っていると、ついに魔物が木陰から姿を現す。

「ひ……っ」

サキは、思わず引きつったような悲鳴を喉から漏らした。

魔物は、二本足でのっそりと立ち上がったクマに似ている。だが、光る目は三つあり、闇のように真っ黒な毛皮をしていた。口からは異様なほど赤く長い舌が垂れ下がっていて、手足も不気味なぐらいに長い。

「な、な、なにあれ、なにあれ……っ」

「……鬼グマです」

ラニエルも息をのんでいる。

「つ、強いの？　弱いの？」

「弱そうに見えるんですか」

まずい、とラニエルが呟いた途端、鬼グマは前足をだらりと垂らして地面につき、四つ足になった。そしてぐっと体を低くすると、ダッシュでこちらに突進してくる。その驚くほどのスピードに、サキは咄嗟に動けず立ちすくんでしまう。

「あぶないっ！」

ラニエルがサキの体に飛びついてきて、ふたりでもつれるように地面に転がった。

「なにをボケッと突っ立ってるんですか！」

「ご、ごめ……」

振り返って見ると、鬼グマはすでに体を翻してこちらに向き直っている。もう一度突進してくるつもりだ。慌てて立ち上がろうとしたサキは、あることに気づいて叫んだ。

「ラニエル、あれ……！」

ラニエルの魔法の本が、とても手の届かないところに投げ出されてしまっていた。あの本がなくては魔物に対して為す術がないのに。

「待ってて！」

本を取りに行こうと飛び出そうとしたサキは、腕を強く掴まれる。

「なにをしようとしてるんですか、あなたは！」

ラニエルに怒鳴られ、サキも大声で返した。

「だって、あの本がないと！」

「もう無理です！　あなたは逃げてくださいっ」

「そんなことできるわけないでしょう！　あきらめたらそこでノーサイドよ！」

「は？」

一瞬、ラニエルが呆気にとられたような顔でサキを見た。

ノーサイドとは、ラグビーで試合終了の合図のことだ。もちろん魔物とでは、ラグビーの試合後みたいにお互いの健闘を讃え合えないだろうが。

「とにかく、わたしが鬼グマを引きつけるから、ラニエルは本を！」

サキはまた石を拾って鬼グマに投げつけた。今度は命中し、三つの目がぎろりとサキを見る。

「ほら、こっちよ！」

大声を出して手を叩くと、鬼グマが明らかにサキに狙いを定め、体の向きを変えた。再びぐっと体を低くし、飛び出すように突進してくる。サキはぎりぎりまで鬼グマの突進を引きつけ、すんでのところで地面に向かってダイブして避けた。

「サキさん！」

サキはくるりと受け身をとって立ち上がる。柔道の経験が、試合以外で役に立つ時がくるとは思わなかった。

ラニエルを見ると、この隙になんとか上手く本を拾い上げたようだ。彼が辛そうな顔で慌てて本を開いていてすぐ、ページが強い光を放つ。

「ラニエル、こっち！　わたしに向かって魔法を！」

ラニエルがぎょっとしたようにサキを見た。鬼グマは丁度サキの右にいる。サキを狙って魔法を放てば、鬼グマに命中するはずだ。

「なにを言ってるんですか……万が一そのまま命中すれば」

「でも、もう方法がない！　魔法って使うと疲れるんでしょ！」

だから、ラニエルはサキに逃げろと言ったのだろう。魔法を使う度に顔色が悪くなっているし、すでに体力の限界なのだ。

「早く！　これで決めて！」

サキからすれば、体を鍛えないからだと歯がゆく思うが、いまはそんなことを言っている場合ではない。

「どうなっても知りませんからね……っ！」

覚悟を決めたのか、背筋を伸ばしたラニエルが本にかざしていた手を勢いよくサキに向けた。空気が震える。

「この書の魔力を封じし者の末裔として命ずる、風よ、我が力となれ……っ」

次の瞬間、立ち上がってサキへ襲いかかろうとしていた鬼グマの肩が切り裂かれた。恐ろしい咆哮が上がり、思わずサキは耳を塞ぐ。

鬼グマが地響きを立てながら地面に倒れたので、サキはラニエルに駆け寄った。

「やった、ラニエル！」

「無茶なことを……」

がっくりと崩れ落ちそうになったラニエルの体を、サキは慌てて支える。

「大丈夫？」

口を開く力も残ってないのか、ラニエルが無言でサキを見た。

「よかった……ラニエルのおかげだよ」

そう言うと、ラニエルがぐっとサキの体に腕を回して力を込める。

「ラ、ラニエル？」

どきりとしてラニエルを見ると、彼はまだ緊迫した表情のままだった。まさか、と振り返る。すると、倒したはずの鬼グマが、のっそり立ち上がるところだった。

「そんな……」

もうラニエルに魔法を使う力は残っていない。無意識に、サキもラニエルをぎゅっと抱きしめる。

「サキさん……」

鬼グマの長い舌が、舌なめずりするように動く。そのぞっとする仕草に、サキは息をのんだ。肌がひりひりするほどの恐怖を感じるが、ぐったりしたラニエルを置いていくなんてできない。

「……っ！」

ラニエルを庇うために強く抱きしめる。サキは、なにもかもが途切れる瞬間を覚悟し、祈るみたいに目を閉じた。

「グオオオオオ！」

突然の咆吼に、サキは身構える。しかし、いつまでたっても衝撃はやってこない。

そして、恐る恐る目を開いたサキは、信じられない思いに目を見張った。

どこからともなく現れたアスランが、鬼グマの前に立ち塞がっていたのだ。

「アスラン！」

サキの声に、アスランが肩越しに振り返る。彼の目は落ち着いていて、頼もしかった。

「ふたりとも、下がっていろ」

力強い声に、胸が熱くなる。その堂々とした姿に、体から震えと恐怖が消え、力が湧いてきた。

サキの手を握るラニエルの手にも力が込もっている。

助かった、と思ったのも束の間、サキたちの無事を確認するため背を向けているアスランに、鬼グマが振り上げた前脚を叩き下ろそうとする。

「あぶない！」

サキが叫ぶとアスランは振り返り、鬼グマの鋭い爪を剣で受け止めた。途端にその爪が真っ赤に光り、燃えるように火を噴く。

「ひ、火が！」

炎がアスランの頬をかすめ、サキは悲鳴を上げた。

目の当たりにしている光景が信じられなかった。魔物というのは異様な姿というだけではなく、特殊な力もあるらしい。

鬼グマの振り回した前脚が木の幹に恐ろしい爪痕を残した次の瞬間、木が燃え上がる。

「アスラン！」

アスランは、火花を散らす爪の攻撃を受け流し、体勢をくずした鬼グマの横に回り込む。そして、後ろを振り返ろうとした鬼グマの脇腹に、剣で一撃を叩き込んだ。

「ギャアアアア！」

恐ろしい悲鳴が響き渡り、サキは目を逸らしてぎゅっとラニエルを抱きしめた。

かすかな地響きを感じた直後、辺りは静かになった。

「無事か、サキ、ラニエル」

アスランの声にようやく目を開ける。

「ア……アスラン……」

サキとラニエルはそれだけ言うと、ふたりしてへなへなとその場にへたり込んだ。

安堵のあまりラニエルにしがみついたまま動けないでいたサキは、やがて迷惑そうな彼に引きはがされた。

そこで、ようやく落ち着いてアスランを見る。

「鬼グマは？」

静かになったとはいえ、サキには怖くて鬼グマが倒れている方が見られない。

「倒した。それほど手応えはなかったから、魔法の攻撃で弱っていたんだろう」

アスランは息一つ乱れておらず、慣れた動作で剣を鞘に収めている。

「それより……あの、どうして、ここに？」

サキがおずおずと尋ねると、アスランはいつもと変わりない様子で答えた。

「サキが飛び出していったあと、ラニエルが追っていったからまかせるかと思っていたんだがな。ダレンに、ラニエルは引き止めに行ったわけじゃないかもしれない、と言われて追ってきたんだ」

そして、サキの声を聞いて駆けつけたらしい。

「そう……なんだ……」

ダレンの勘は見事に当たっていたことになる。

「それより、よかったじゃないですか」

ぐったりと木の幹に寄りかかったラニエルが言った。

「あの鬼グマ、かなりの獲物でしょう、アスラン」

「ああ、大きさといい、相当な金になるだろうな」

アスランが倒れている鬼グマに近づき、じっと見下ろしている。サキもそっと後ろから近寄ってみると、アスランが鬼グマに剣を振り立てた。

「きゃ……っ」

ざくり、と肉を切る音がして、サキは耳を塞いだ。

「見るな」

振り返ったアスランが、サキの視界を阻むように立ちはだかる。

「報奨金を受け取るには、魔物の体の一部を提出する必要があるんだ。今回は尻尾を持っていく」

ちょっと待ってろ、と言われてすぐ、サキはアスランの手で後ろを向かせられた。

やがて、どこにしまっていたのか、アスランは麻袋の口を縛ったものをサキに掲げてみせる。

「これでもう少しましな飯を食わせてやれるぞ、サキ」

どきりと胸が高鳴った。ご飯がお腹いっぱい食べられる……！　という期待とは違ったときめきを感じてしまう。

「わ、わたし……」

もじもじしていると、ラニエルが口を挟んできた。

「ごちゃごちゃ言ってないで、ふたりはさっさと報奨金を受け取りに街へ行ってきたらいいんじゃないですか？　早く行かないと受付時間に間に合いませんよ」

しかし、サキは戸惑ってしまう。あんなひどいことを言って砦を飛び出してきたのに、このままのこのこアスランと一緒に街へ行くなんて……と。

だが、アスランはなにも気にしていないと言わんばかりの顔をしている。

「ラニエル、おまえも一緒に行けばいいだろう？」

「……今日はもう疲れました。いっぱい走りましたし、これから街まで歩く気にはとてもなれませんので、少し休んで砦に帰ります。このことをダレンたちに伝える必要もありますし、その方がいいでしょう？」

ラニエルの言葉に、しばらく黙っていたアスランがうなずく。

「じゃあ、そうするか」

あっさりラニエルを置いていこうとするアスランに、サキはぎょっとした。

「え、ちょ、ちょっと、待って。ここでひとり休んでいくなんて、危険じゃない？」

慌てて言うと、ラニエルがため息をつく。

「魔物にだって危機感はありますよ。鬼グマの断末魔がこのあたりに響き渡ったのですから、他に魔物がうろついていたとしても、とっくに逃げ出してます」

ラニエルは本当に疲れた様子で、木の幹（みき）に体を預けている。それでもサキがためらっていると、アスランがラニエルになにかを手渡した。

「じゃあ、これを食べてしばらく休んでから砦へ戻れ」

ラニエルの手のひらには、乾燥した小さな楕円形（だえんけい）の葉っぱが置かれている。

「う……これ、苦手なんですよ」

「な、なに、それ？」

サキは思わずアスランの手元を覗き込んだ。彼の手には、まだ数枚の葉が残っている。

「クワンの葉だ。こういう時の非常食で、かなり栄養がある」

食べてみるかと手渡され、サキはクワンの葉を口に入れた。

「ま……っ」

まずい、と言いそうになったが、なんとか堪える。

「……た、食べたことない味……って感じかな」

「そうかもしれないな。俺は好きだが」

サキは思わずラニエルを見た。ラニエルも、信じられないと言わんばかりの顔をしている。

だが、先ほどまで恐怖で冷え切っていた指先が温かくなってサキは驚いた。味はともかく、効果はあるらしい。

アスランはラニエルにもクワンの葉を食べるようにすすめた。アスランがじっと待っているからか、ラニエルは仕方なくクワンの葉を口にしたものの、なんとも言えない顔をして震えている。

「よし、そろそろ行くぞ、サキ」

「う、うん。気をつけてね、ラニエル」

このままラニエルを置いていくのはやはり心配だったが、彼はまったく素直ではないし、説得しても無駄な気がした。

結局、ラニエルには、十分気をつけて砦に戻るように言って、サキはアスランと街へ向かって歩き出した。


陽が暮れかかった森に、ふたつの影が濃く延びている。辺りは静かで、アスランとふたりきりという状況がなんだか落ち着かない。

サキは、となりを歩く彼の顔を横目でちらりと見た。

アスランは親切だが、無口だし、なにを考えているのかわからないところがある。

「あの、アスラン？」

「なんだ？」

砦を飛び出したことを謝ろうと思っていたのだ。しかし、まったく気にしていない様子のアスランを見ると蒸し返していいものかわからず、つい誤魔化してしまった。

「そ、そうだ、わたし、そんなにばかでかい声だったかな……？」

声を聞きつけ、アスランが駆けつけてくれたのは助かったけれど、そんなに大きな声だったかと思うと、少し複雑だったのだ。

しかし、アスランはそうじゃない、と首を横に振った。

「サキの声はばかでかいというより、よく通る。すごく聞こえやすい」

「そ、そう……？」

部活の時に、部員たちのためにと思ってやってきた声出しが、こうしてサキの助けにもなったのだ。どこにいても、いままで築いてきたものが自分を支えてくれることに心強さを感じた。

話している間に、なにも変わらず接してくれるアスランに、これまで以上に興味が湧いてくる。

「その、そういえばアスランって何歳なの？」

「何歳？　歳のことか？」

年齢の話というものがそれほど不自然だとは思えないのだが、アスランは意外そうな顔をしていた。

「だったら、十九歳くらいだ」

「……くらい？」

ずいぶんアバウトな答え方だが、理由があるのかもしれない。気にはなったものの、それ以上聞くのはためらわれた。

そんなことをぽつぽつと話しながら歩いていると、道ばたの簡素な道しるべが目に入った。木から削り出した板になにか書いてある。ラニエルの本のページを目にしたことはあったけれど、その時は字が小さくて読めなかったので、これがはじめてはっきりと見るこの世界の文字だった。だが、当然読めない。

「この道しるべ？　なんて書いてあるの？」

「この先、『コンランの街』と書いてある」

ラニエルに聞いた話の通りというわけだ。

「だったら、このコンランの街から西へ行くとマールディール？」

アスランが少し驚いた顔でサキを見る。

「ああ、そうだ。知っていたのか？」

サキは、ラニエルに聞いたことを、帰る方法についても含めて話した。

「なるほど……マールディールか」

アスランが考え込むように呟く。

「そこに宮廷魔道師がいるって。でも、どうやって会うかは自分で考えろって言われたんだ」

もしかしたら、アスランは会う方法を知っているのだろうかと、サキは胸がどきどきした。

「まあ、宮廷魔道師は国王に仕えているんだから、まずは国王に会うことだな」

「会えるのかな……偉い人なんだよね？」

サキはなんの伝手もないし、国に属する者でもないのだ。謁見するとなったら当然、身元を明かさなければならないだろう。そうなると、この不可思議な状況を説明して、納得してもらえるかどうか……

考え込むサキに、アスランがぽつりと言う。

「……方法は、ないわけじゃない」

「本当？」

思わぬ話に立ち止まっていると、突然、大きな音と土埃を立てながら荷車をひいた馬が横を通り過ぎていった。慌てて道の端に避けると、夕暮れに急かされるように、何台も馬車が続く。皆、街へ向かっているのだ。

「こんなところで立ち話をしているとあぶないな、とりあえず街へ行こう」

うなずいたものの、先ほど、荷車に座って馬の手綱を引いていた男が、じろじろとサキを見ていた気がする。このまま街へ行って大丈夫だろうか、と思っていたら、アスランが遠くを指さして言った。

「あれがコンランだ」

道の先に建物が集まっているのが見える。にぎやかなところへ行ってみたいと思っていたが、いざ目の前にすると、サキは気後れして不安になった。

「わ、わたし……変な格好じゃない？」

砦で部活用のジャージを着ていても、アスランたちはなにも言わなかった。だが、彼らから見て本当は奇異に映っているのではないか。

サキの質問を聞いて、あらためてアスランがサキを上から下まで眺めて言う。

「どうかな。まあ、見たことのないような服だが……コンランはそれほど大きな街ではないけれど、多くの国の者が行き交っているからどんな服装でも平気だ」

アスランはそう言うものの、それは彼があまり物事に動じないだけな気がする。

「やっぱり、わたし、ここで待ってようかな」

ぐずぐずしていると、サキの頭にふわりとアスランのマントがかけられた。

「気になるんだったら、これを被ってろ」

マントは長く、頭から被っていれば、それほど服装が目立たなそうでほっとする。

「あの、アスラン……面倒ばかりかけて、ごめんなさい」

いろんな思いを込めてサキが呟くと、アスランに頭をポン、と叩かれた。

「気にするな」

そうしてサキは、夜を迎えようとするコンランの街へ、アスランと共にはじめて足を踏み入れたのだった。


コンランの街は、陽が暮れても人々が行き交っているにぎやかな街だった。皆、アスランたちと似た格好だが、エプロン姿の女性や子どもの姿もあり、生活感がある。

久しぶりに見る大勢の人に、サキは圧倒されていた。

以前なら、驚くことなどなかった光景だ。ところが、人の多い場所にいたのがなんだか遠い過去のことのように思える。まだここに来て、それほど時間は経っていないのに……

「どうした？」

サキが立ち尽くしていたら、アスランが振り返った。

「う、ううん。いっぱい人がいるなぁって」

「この辺りだとそこそこ大きな街だからな」

きょろきょろしていると、アスランが手にしていた麻袋を掲げた。

「まず、これを報奨金に換えに行くぞ」

サキとしては、鬼グマの尻尾がそばにあって落ち着かなかったので、大いに賛成だった。

街の中心部へ向かうと、人の姿はもちろん、建物も多くなってくる。建物は、石造りのしっかりとしたものから木造のものまであり、バラエティに富んだ街並みだ。以前アスランから聞いていた通り、道の端にはランプの街灯があって、ぼんやりと雰囲気のある光を灯している。

アスランのマントのおかげか、サキは誰からも奇異の目を向けられずに済んでいた。

街の中心にある大きな通りをまっすぐ行くと、小さな城のような石造りの建物が見えてくる。

「あれが領主の邸だ」

町長とかそういう地位の人が住んでいるのだろう、となんとなく思いながら、サキはその建物を見上げた。門には門番らしき者が立っていて、ものものしい。

「こっちだ」

アスランに先導されるまま、正面の門を迂回する。少し裏手に回ったところに、鉄格子の扉があった。

「ちょっと待ってろ」

アスランが入っていったあとを、首を伸ばして見ていると、鉄格子の向こうに禿頭のいかつい男がいた。アスランは麻袋をその男に差し出し、なにやら話をしている。

「よお、ねーちゃん」

後ろから誰かの声がしたが、サキは気にせずに考え事をしていた。

一体、あの鬼グマの尻尾にどれほどの値がつくのだろう。この世界のお金がどんなものかまだ見たことがないけれど、そもそもどれくらいの価値なのか……

「なあ、あんただよ」

そんな言葉が聞こえ、もしかして自分が声をかけられているのか、とサキは振り返った。

「こんなとこでなにしてんだ？」

シャツの前を大きく開けた男が、サキを見てにやにやしている。

「……人を待っているんですけど、なにか用ですか？」

男はサキの素っ気ない返事をものともせず、彼女の背後を覗き見た。

「換金所に用って、魔物退治の傭兵じゃないよな？」

「そうですけど？」

サキの答えに、男が大げさに驚いてみせる。

「おいおい、傭兵なんてならず者がやることだぜ？　見たところ、すれてないみたいだし、どっかの田舎（いなか）から出てきたばっかりなんだろ？　だったらなおさら、傭兵と一緒にいることはないぜ？」

耳を貸す気はなかったが、『傭兵なんてならず者』という言葉がひっかかった。

「彼らが魔物を退治してくれてるから、街の人たちは安心して暮らせるんじゃないんですか？」

「ま、そりゃそうなんだけどさ。だからって、よろこんで傭兵なんかになるやつはいないぜ。所詮（しょせん）は汚れ仕事ってやつだからよ。正規兵にもなれない、かといって真っ当な仕事にも就（つ）けねえ連中がやることだぜ？　そんなことより、せっかく街に出てきたんなら楽しまねえとな」

いい店に連れて行ってやるよ、と男がサキの腕を取る。

「ちょっと……っ！」

強引に引っ張られてサキがバランスを崩した拍子に、被っていたマントがはらりと落ちてしまった。

「お？」

男がサキのジャージ姿にぎょっとしている。慌ててマントを拾い上げたが、その間も不審そうにじろじろと見られた。

「あんた、妙な格好して、どっからきたんだ？」

その質問には答えず、サキは男の手を振り払おうとした。しかし、男は手を放さずに言い募（つの）る。

「おいおい、そんな怒るなよ。悪かったよ、よく見りゃ似合ってるぜ、その服」

「うれしくないっての！」

　ジャージが似合うと言われてよろこぶ女子などいるわけがない。サキは、これ以上男に関わるつもりはなかった。なるべく目立ちたくないのに、男のせいであたりを歩いている者たちの視線を集めてしまっているのだ。早く追い払わなくては。

「もう、放してってば！」

「とりあえず一緒に来てみろって」

　男に引き寄せられ、間合いが近くなった瞬間、サキの体が動いた。無意識に足を踏み出し、男の襟（えり）を掴む。そのまま勢いよく男の体を腰に載せ、足を後ろに払った。

「……っ！」

　声を上げさせる間もなく、男の体を横から投げ倒す。

　地面に仰向（あおむ）けになったまま呆然としている男に、サキは言った。

「痛くなかったでしょ。受け身をとれない人を本気で投げるわけにはいかないから」

　地面に叩きつける前に、男の体を引き上げたのだ。そうしなければ、まともに背中から体を打ちつけて脳しんとうを起こしてしまうからだった。

「でも、これ以上しつこくするなら、今度は遠慮なく投げ飛ばすけど？」

　逆上するかもしれないと警戒していたところ、ふらりと立ち上がった男が言った。

「てめぇ……ふざけやがって……痛（い）てて」

腰を屈(かが)めた男が、上着の内側に手を入れて憎々しげにサキを睨(にら)みつけている。不穏な気配に、道を行き交っていた人々が足を止め、自然と人だかりができてしまう。さらに人目を集めたことにサキが狼狽(うろた)えていると、男が上着から手を出しナイフをちらつかせてきた。

「よくも恥をかかせてくれたな」

屈辱(くつじょく)に歪(ゆが)んだ男の顔に、サキは息をのんだ。ゆっくりと後退(あとずさ)ろうとした時、ふいに声がかかった。

「待て」

野次馬の人垣がさっと割れ、ひとりの青年が進み出てくる。その青年を見て、サキが投げ飛ばした男がぎくりと体を強ばらせた。

「その男、手に持っているのはなんだ？」

青年のきつい眼差しに、男がナイフを持っていた手をさっと背中に隠す。

「いや、べ、別に、なにも……」

男はそう言いながらじりじり後退ったかと思うと、突然身を翻(ひるがえ)して逃げていった。青年は冷静にその後ろ姿を見つめつつ、横にいる者に命じる。

「追え、逃がすな」

何人かが男を追って素早く走って行く。サキはそっとこの場から離れようとしたが、いつのまにか青年がすぐ近くにいた。

「……っ！」

おそるおそる目の前の青年を見つめた。サキよりずいぶん年上で、整った顔立ちだが、笑ったところを想像できないほど冷たい目をしている。身につけている衣服も高価そうで、気軽に関わってはいけない人物なのが一見してわかった。

立ち尽くしているサキに、青年は先ほどとは違う少し和らいだ声で話しかけてくる。

「怪我はないか？」

サキはこくこくとうなずいた。さぐるように見つめられて内心焦りが募る。

「礼なら必要ないぞ。この街の治安を守るのは、領主の息子である私の役目だからな」

領主の息子という身分がどういうものなのか、サキはまだわからなかった。だが、それでこんなに護衛を引き連れているのだと気づく。

「……変わった娘だな、名は？」

油断のならない目で見つめられ、サキは正直に名乗るか迷った。だが、誤魔化してこの場を逃げられそうもない。ためらっている間に同じことを尋ねられたので、サキはついに口を開いた。

「な、名前は、サ、ササ……」

緊張して舌が回らず、変な名前を口走ってしまう。

「サササ？　見かけも変わっているが、名前も変わっているな」

サキは訂正しようとしたが、青年が勝手に勘違いしているのだし、困ることもないと思い直して口を閉じた。

「それでサササとやら、この街で見かけない顔だが、ここでなにをしている？」

身を乗り出した青年に顔を覗き込まれ、サキは目を逸らした。驚いたことに、しっかりよそ者をチェックしているらしい。

「旅の者か？」

「そ、そう……です」

あながちまったくの嘘ではなかった。住んでいた場所から遠く離れてきているのだから、サキも旅人のようなものだ。

「では、夫はどこにいる？」

「お、夫？」

仰天して問い返すと、怪訝な顔で見られる。

「夫なんて、い、いません」

とんでもないと否定したのが間違いだった。サキは知らなかったのだが、この世界では十五、六歳くらいで結婚しているのが当然なのだ。そのため、ますます不審の目で見られてしまった。

「その歳で結婚していないわけがないだろう。夫から逃げてきたのか、それとも、奉公先からか？」

サキは首を横に振る。

「そんな、違います」

「……あやしいな」

青年が後ろの護衛に声をかけた。

「ここでは素直にしゃべらないようだ。捕らえて牢へ入れておけ」

「え……！」

身構えたサキの腕が掴まれる。さっきの男と違って護衛たちは抵抗を封じる術を知っていて、サキはあっという間に取り押さえられた。後ろ手に腕を取られているサキの顎を、青年が軽く掴む。

「これまで見たことがない雰囲気の、なかなかおもしろい娘だ」

青年の目に、サキに対する妙な興味が浮かんでいるように見えて、体がすくんでしまう。

「連れて行け」

「ちょっと……やめ……っ」

そして、抵抗も空しく、サキは領主の邸に引き立てられていったのだった。


「どうしよう……テオのこと馬鹿にできないじゃない、こんなの……」

サキは鉄格子を掴んで呆然と呟いた。

サキが放り込まれた牢は地下にあり、出口はしっかりとした鉄の格子に遮られている。当然窓はなく、天井のすぐ近くに小さな隙間があるだけで、そこにも鉄格子がはめられていて外が見えない。

アスランは、とっくに報奨金を受け取って出て行ったあとだろう。連れが牢に入れられたと聞いていればいいが、まったく気づかれていないかもしれない。

「アスラン……」

彼について考えると胸が苦しくなる。せっかく街へ連れてきてくれたのに、こんなことになってどう思うだろう？　呆れられたり、迷惑だと思われたりしたくなかった。

「なんとか自力でここからでないと……」

何度跳んだり跳ねたりしてみても、隙間にはとても手が届かない。

「あんた、なにやったの？」

ふいにとなりから鉄格子越しに話しかけられてぎょっとする。声をかけてきた相手は、赤いドレスを着ているが、どう見ても女性ではない。鮮やかな金髪をたっぷり背中まで流しているものの、顔に青々とした髭の剃り跡がある男だった。サキからすれば、彼こそなにをやってここにいるのか、と聞きたいくらいだ。

「心配しなくても、おとなしくしてれば明日の朝説教されて終わりよぉ」

退屈だから話相手になってくれない？　と言われてサキが戸惑っていると、階段を下りてくる足音が聞こえてきた。やって来たのは青年の護衛のひとりだ。まさかと思っていたら、彼はまっすぐサキの入れられている牢へ向かってくる。

「出ろ」

「えええぇ？」

不満げな声を上げたのは、となりのドレスの男だ。

「ちょっと、さっきぶち込んだばっかりじゃない。その子のお仕置きはもう終わりってこと？」

そんなのずる〜い、とドレスの男が体をクネクネさせていると、うんざりした声で護衛が言った。

「領主様のご子息のブレント様が尋問なさる。さっさと来るんだ」

「じ、尋問？」

穏やかではない言葉にドレスの男も目を丸くしている。領主の息子はブレントという名前らしい。

「あんた、本当になにしたのよ？」

なにもしていない、と言いたかったが、不安で声が出ず、目で訴えるのが精一杯だった。そして、そのまま連れて行かれてしまったため、ドレスの男に意味が伝わったのか、知る術はなかった。

尋問というからには、狭い部屋で男に延々問い詰められるのだと思っていたが、長い通路の先に待っていたのは、エプロンをした厳しい顔の女性だった。女性はなにも言わずにサキの背中を押し、部屋の中に押し込んだ。

部屋の中央には、木でできた湯船がでん、と置かれていて、たっぷり湯が張られている。

「え？」

狼狽えるサキは有無を言わさず女性の手で服を剥ぎとられ、突き飛ばされるように湯船に入れられた。悲鳴を上げる間もなく頭から湯をかけられ、ゴシゴシ洗われていく。なぜ風呂に入れられているのかわからず、混乱している間に洗い上げられた。

やがて、濡れたサキの体にタオルをかけて、女性は部屋を出て行こうとした。その手には、サキの着ていたジャージがある。

「待って！　持っていかないで！」

叫びも空しく、女性はジャージを持ったまま部屋を出て行ってしまう。それを追いかけるためにサキは慌てて体を拭き、部屋にあった服を着た。

「なにこれ……」

ドレスというほど大げさなものではないが、生地は真っ白で薄く、肩を出すデザインで、なんだか落ち着かない。

「これって、パジャマ?」

それくらい頼りない着心地の服だ。だが、気にしている場合ではない、さっきの女性を追ってジャージを取り戻さなければ。この世界に持ってきた私物は、ひとつも失くしたくない。

「あれ?」

鉄の輪になっているノブを引いても、ドアはびくともしない。

「鍵が……」

サキは部屋にもうひとつドアがあったのを思い出し、後ろを振り返った。急いでそのドアへ向かったが、嫌な予感がする。

力を込めるまでもなくあっさり開いたドアの先には、もうひとつ部屋があった。

「え……」

壁に掛けられたろうそくの炎がちらちらと揺れ、床にサキの影を作っている。部屋には大きなベッドが置かれているだけで、他にはなにもない。

「今日はもう休めって親切?」

まさか、と思いながらサキは部屋を見回した。特に変わったところはない。さっきの部屋と違うところは、窓があることだった。それも、手が届かない位置ではなく、腰の高さくらいの場所にある。サキは、部屋の奥にあるドアに目をやった。

「一体、いくつドアがあるのよ……」

そのドアを開いてさっさと出て行こうとしたが、外側から鍵がかけられている。

「もうっ！」

次第に焦りが募り、サキは苛立ちながら窓へずかずかと近づく。ここが何階かはわからないが、いざとなったら飛び下りて逃げるつもりだった。

しかし、取っ手を持って押しても引いても窓は開かず、ガタガタと窓枠が軋むだけだ。よく見ると鍵穴があって、ここも施錠されていた。

「どうなってるの……っ！」

窓には蔦がうねったデザインの格子がはまっているので、ガラスを割ってもくぐり抜けることはできない。

一体どうなっているのだろう、と思っていると、背後でカチャリと音がした。はっとして、湯船のあった部屋に続くドアへ駆け寄ったところ、すでに開かなくなっている。

「ちょっと、どういうこと！　出して！　出してよ！」

何度もドアを拳で叩いたあと、耳を澄ましてみたものの、なんの物音も聞こえない。閉じ込められたのだ。

サキは立ち尽くした。だが、すぐに頭を振って考える。窓の外が暗くてよく見えなかったということは、もう陽は暮れている。それなのに、これから尋問がはじまるのだろうか？　しかし、あの護衛は確かに言った、ブレント様がこれから尋問すると。

「尋問……？」

この、ベッドしかない部屋で？

サキは冷えた肩を無意識に両手で抱いた。思ったよりも冷たくて、何度も手でさする。『なかなかおもしろい娘だ』と言った時のブレントの顔を思い出して、身震いした。

「そんな……」

もし、サキの考えた最悪の事態に繋がるとしたら、一刻も早く脱出しなくてはならない。だが、ドアも窓も開かないのだ。

「ど、どうしよう……」

おとなしく待っていては、ブレントが来てしまう。サキは考えを巡らせた。

部屋にドアはふたつ、窓はひとつ。今夜は月が出ていないのか、窓から差す光は淡い。なんとなくの予想だが、ブレントが現れるとしたら風呂の部屋からではなく、もうひとつのドアからのはずだ。

サキは、壁に掛かっている燭台のろうそくを吹き消した。部屋が暗くなり、窓の輪郭がぼんやり浮かんで、ドアの隙間から細い光が見えるだけになる。その光を頼りにドアに近づき、となりに屈み込む。

これは賭けだった。

このドアを開けて入ってきたブレントは、部屋が真っ暗でサキの姿が見えなければ一瞬、なぜだと立ち尽くすはずだ。その時、死角から彼に体当たりをして逃げるつもりだった。ブレントはそれほど体格のいい男ではない。隙をつければ十分可能に思えたし、これ以外に方法はない気がする。

タイミングを計るため、サキが全神経を集中してドアの向こうの足音に耳を澄ませていると、ふいにドアが開いた。しかし、開いたのは風呂の部屋のドアだ。

「……っ！」

想定外の事態に、サキは体がすくんでしまいそうになった。だが、持ち前の瞬発力で飛び出す。このチャンスを逃すわけにはいかない。それに、ドアを開けた人物が戸惑った様子で立ち尽くしているのは予想通りだった。

「は……っ！」

サキが必死で体当たりしたものの、相手は突然のことにも動じず、ふらつきもしない。しかもサキの体を抱きとめただけでなく、そのまま彼女の口を塞ぎ、風呂の部屋のドアを閉めた。

「んんん！」

押さえつける腕は強く、とても敵いそうにない。ブレントはこれほど力のある男には見えなかったのに。それでもじたばたしていると、耳元にささやかれる。

「サキ」

はっとしてサキが動きを止めると、口を塞いでいた手が外された。

「……アスラン？」

部屋が暗くて顔がよく見えないが、アスランの声だった。

「さがしたぞ」

「ど、どうして……ここに？」

ほっとして力が抜けそうになったサキの体を、アスランが支えてくれる。

「あとで説明する。まずはここから出るぞ」

アスランがサキの手を取り、足音を立てないように窓へ向かう。

「窓は鍵がかかってるの、アスラン」

それより風呂の部屋から忍びこんできたのなら、そこから逃げられないのか、とサキは尋ねる。

「あの通路を戻るのはもう無理だ、ふたりだと目立つ」

そう言いながらアスランが剣の柄で窓枠を叩くと鍵が壊れ、窓が開いた。

「行くぞ」

「こ、ここ何階？」

窓枠に足をかけたアスランがサキを振り返る。

「二階だ、飛び下りられない高さじゃない」

下は植え込みだから大丈夫だと付け加え、アスランが先に飛び下りた。そのためらいのなさに、サキは思わず悲鳴を上げそうになったが、なんとか堪え、窓から身を乗り出す。下を見るとアスランが平然と立ち上がり、サキに手招きをしていた。

「こ、ここから……」

さっきはいざとなったら飛び下りて逃げようと思っていたけれど、あらためて見ると地面が遠くて足がすくむ。おろおろしていると、受け止めるから飛び下りろ、とアスランが身振りで示した。

ためらっている暇はない。サキは覚悟を決めて窓から身を躍らせた。なるべく自分で着地するつもりだったが、アスランの腕にしっかり抱きとめられる。

「大丈夫か？」

言葉が出ないので何度もうなずいたところ、アスランがサキの肩にマントを掛けてくれた。

「これ……わたし、借りてたのに落としちゃってた……？」

「おかげでサキになにかあったことが、すぐにわかった」

少し離れたところにあるかがり火の明かりが、アスランの頬をぼんやりと照らす。時と場所も忘れ、彼の横顔にサキが目を奪われていると、アスランが手を伸ばしてきた。

「悪かった、ひとりにして」

抱き寄せられるかと思い、サキの心臓がどきりと跳ねた。しかし、アスランは伸ばした手でマントを掴み、それでサキを包んだ。

「な、なに……？」

「しばらく声を上げるな」

ただでさえその服は目立つと言いながら、アスランがサキを肩に担ぎ上げる。

「アスラン、わたし、自分で走れるから……！」

「無理しなくていい」

申し訳ないと思ったが、それ以上はなにも言えなかった。庭にはいくつもかがり火が焚かれていて、遠くには警備の人影が見える。まだブレントには気づかれていないようだが、ぐずぐずしていると見つかってしまうだろう。

　アスランはサキを軽々と抱えたまま、慣れた様子で陰から陰へ素早く移動していく。そして、庭の隅にある小さな小屋の木戸を開け、そこへすべり込んだ。

「ここ……？」

　暗くてよく見えないが、どこかの店の中のようだ。領主の邸にこんな場所が？　と思っているとアスランが言った。

「報奨金の受け取り窓口の裏だ。ここの親父は元傭兵で、昔から親しくしている。連れがブレントに捕らわれたようだと話すと、邸の奥に忍び込む手伝いをしてくれた。これから家に帰る荷馬車に乗せてくれるから、それで街の中心部へ行って朝まで身を隠そう」

　サキがうなずくと、アスランがなにかを手渡してくれた。

「これ……」

　サキのジャージだ。

「庭に忍び込んだ時、エプロンをした女が外のごみ捨て場に捨てているのが見えたんだ。一旦ここに隠しておいて、その女が出てきた扉から館に入ってサキを見つけた」

「ありがとう……よかった、勝手に持って行かれてもう戻ってこないと思ってた」

　サキはジャージをぎゅっと抱きしめる。

「さあ、行こう。親父が待ってる」

　出口の前には、荷馬車と共に禿頭の中年男性がいた。彼はアスランとサキを見て無言でうなずき、荷馬車に乗るよう手で促(うなが)す。荷馬車の上には白い布が掛けられていて、サキはアスランとその下に潜(もぐ)り込んだ。すると、すぐに荷馬車が動き出す。

荷馬車には麻袋に入った荷物がどっさり積まれている。サキたちは目立たないよう、その隙間(すきま)に身を寄せて座っていた。

布の間から様子をうかがったアスランが、何人かの警備兵があわただしく走っているのが見える、と言った。

「気づかれたかもしれないが……もう大丈夫だ」

「よかった……」

サキはほっと息をつく。落ち着いたところで、持っていたジャージをきれいにたたみ直そうとして手を止めた。

「どうした？」

「な、なんでもない」

「なんでもないって……震えてるぞ」

「ほっとしたら、なんか……」

全身ががくがくと震えて、サキもどうしていいかわからない。

「思ったより、こわかったみたい。だって……なんの説明もなく閉じ込められて、部屋にあの人が来たらどうなるのかなって……」

もう心配はないとわかっているのに、恐怖心がなかなか消えないのだ。

「やだ……止まらない……」

震える手を押さえようとすると、その上からアスランの手がしっかりと握りしめてくれた。

「アスラン……」

「大丈夫だ。無理に止めようとしなくていい」

子どもをあやすような口調に、サキは恥ずかしくなってしまう。だが、そうしていると震えが収まってきた。

「……あの、迷惑かけて、ごめんなさい」

一度ぎゅっと力を込めてから、アスランはサキの手を離す。

「気にしなくていい。ちょっと運が悪かっただけだ。親父によると領主の息子ブラントはめずらしいものが好きで、よく換金所に魔物の一部を見に来るらしい。サキはたまたま目をつけられただけだし、それほど執拗に追ってはこないだろう」

安堵したサキは、さっきから気になって仕方がないことを思い切って口に出してみる。

「し、心配……かけちゃったりしたかな……」

しばらく待ってもアスランは答えない。怒っているのかと思うほど長い沈黙だ。だが、ふいにその沈黙が破られた。

「……サキが待っているはずの場所に、マントだけ落ちているのを見て……」

そこでアスランは言葉を切ってしまう。その先が知りたくて、サキの胸がどきどきと落ち着かなくなる。しばらくして、アスランが話を続けた。

「自分でも驚くほど慌てた。サキは突然現れたから、もしかして、突然消えたのかと思って」

「アスラン……」

アスランは、急にサキが消えたらどうするのだろう？　そう考えると胸の動悸がさらに激しくなる。率直に聞いてしまいそうになった時、がたん、と荷馬車が大きく揺れた。

「着いたようだな」

もう少しこの時間が続いてほしかったのか、サキは自分でもわからなかった。

街の中心部の裏通りで荷馬車から降ろしてもらい、サキたちは換金所の主に何度も礼を言って別れた。またふたりきりになり、なんとなくアスランの顔が見られず俯いていると、サキの手に小さな革袋が置かれる。

「これって……？」

開けてみろ、とアスランに言われ、きゅっとしめられていた紐をほどく。袋の中を覗き込むと、なにかが光っている。

「わあ……」

中身を手の上に出してみたところ、二枚の金色の硬貨が出てきた。

「こ、これって、もしかして金貨？」

「そうだ。あの尻尾が金貨二枚になった」

金貨は少しくすんでいて、ずっしりと重い。これでなにがどれだけ買えるかわからないが、かなりの価値があることはサキにもわかる。

「どう使うか、ゆっくり考えるか」

これからゆっくり考える暇などあるのだろうか、と思っているうちに、アスランが先に立って歩いて行ってしまう。慌ててあとを追うと、彼はにぎやかな声が聞こえてくる建物の前で足を止めた。

壁にびっしりと蔦の絡まっている建物で、木の看板には文字と、ビンとグラスの絵が書いてある。

「ここだ」

アスランが扉を開けると、広い室内のテーブルで大勢の人々が思い思いに飲み食いしていた。レストランなのだろうか、とサキはきょろきょろ店内を見回す。

アスランは食事をしているテーブルではなく、受付のようなカウンターに近づき、その向こうにいる中年の男に声をかけた。

「一部屋頼む」

金貨を受け取った男は、にやにやとアスランを見ている。男はアスランにおつりを渡しながら、サキを見て言った。

「そのお嬢さんとかい？」

「違う。この娘だけだ」

そう言ったアスランが、サキを振り返る。

「サキ、今夜はこの宿に泊まるといい」

「え？　ここ、宿なの？」

すると、一階は食堂、二階が宿になっている、と受付の男に説明された。

「でも、アスランは？　わたしだけなんて……」

男がカウンターから身を乗り出すようにして話を聞いているからだろうか、アスランはばつの悪そうな顔をしている。

「俺はどこでも寝られるからいい。サキはずっと藁の上で寝てただろう？　気になってたんだ」

「アスラン……」

今夜くらいは落ち着いてベッドで眠るといい、と言われ、サキは胸が詰まった。

「だけど、お金がかかるんでしょ？　わたしだけそんな贅沢できないよ」

「金が手に入ったのも、サキのおかげだ。それにいまから夜道を帰るのもあぶない」

気にするな、と微笑むアスランに、これ以上固辞するのも悪くなり、サキはありがたく宿に泊まらせてもらうことにした。

「それと、残りの金の使い道はサキが決めていい。だから……」

そこまで言って、アスランは口を閉じてこちらを見つめる。今の話からして、戻ってこいと言ってくれるつもりなのかもしれない。

サキはどきりとする。すっかり有耶無耶になっていたが、ひとりでなんとかすると言い捨てて砦を飛び出してきたのだった。

砦に戻っていいかどうか、正直迷う。テオとはっきり対立して出てきたのだ。彼は、サキを許さないのではないか……

黙ってアスランと見つめ合っていると、宿の男が口を挟んできた。

「おいおい、アスラン。ここで黙るなんて男がすたるぜ？」

「どういうこと？」

アスランはサキの質問には答えずに言った。

「帰ってこい、サキ」

真摯な眼差しに、胸が熱くなる。

「帰っても、いいのかな……」

自信なさそうに呟くと、アスランがサキの頭に軽く手を置いた。

「明日の朝、迎えに来る。そして、市場で買い物をして帰ろう。それまでに必要な物を考えておいてくれ」

そう言い切った彼はサキのことを頼む、と宿の男に言って、そのまま出て行ってしまった。

「ア、アスラン……」

ひとり取り残されて心細かったが、宿の男が思ったより親切に声をかけてくる。

「アスランのことなら心配ない。男だし、ひとりでどうとでもするさ。知らない街でもないしな。今夜は部屋に飯を運んでやるから、さっさと食って休みな。あんた、疲れた顔してるぜ」

こうして、サキはひさしぶりにベッドで心置きなく手足を伸ばして横になることができた。

そして、ベッドの中で明日なにを買おうかあれこれ考えている間に、心地よい眠りに落ちていったのだった。

「よく帰ってきたね、サキ。心配したんだよ」

「ごめんなさい。意地張って心配かけちゃって……」

翌日、コンランの街から砦へ帰ると、ダレンはよろこんでサキを迎えてくれた。ラニエルは、ダレンの背後から怪訝な顔でこちらを見ている。

「それ……なんなんですか？」

ラニエルが眉を寄せてサキの持っている箱を覗き込もうとしていた。箱はガサガサ、ピヨピヨと騒々しい音を立てている。

「あ、これね」

サキは、箱の蓋を開けて中身を見せた。ラニエルはびくりと体を震わせ、ダレンもどれどれと覗き込む。箱の中には黄色いヒヨコが六羽根入っていた。

「うわっ！」

ヒヨコを見た途端、ラニエルの顔が引きつる。

「……こ、これが、あの鬼グマの報奨金で買ったものなんですか？」

「他にもいろいろ買ったけど、このヒヨコ、いい買い物だと思わない？　すぐに卵を産むわけじゃないとはいえ、成長している鶏より安いし、しかも、六羽根買うと割引だったんだから」

自慢げに言ったところ、ダレンとラニエルのふたりが顔を見合わせる。そして、ダレンが言いにくそうに口を開いた。

「これ……全部雄鶏だったら、どうするんだい？」

「え……？」

サキはまじまじと箱の中のヒヨコを見る。ピヨピヨ鳴いているヒヨコたちはどれも同じように黄色くて、なんの区別もつかない。

「そういえば……」

慌ててサキがアスランを見ると、気づいてなかったのか？　と言わんばかりの顔をしている。彼は買い物をサキに任せると言った通り、一言も口を出さなかったのだ。

「ど、どうしよう……」

エサを与えなくても、庭に放していれば適当に自分でなにか食べるし、育てば毎朝新鮮な卵を産む、と市場で言われたのだ。それが……

「雄鶏なら、育ってから焼いて食えばいいだけだろうが」

いつの間にか、サキの近くにテオが立っている。

「テオ……」

正直、砦に帰ってもテオはいい顔をしないと思っていた。しかし、彼はサキに突っかかるでもなく、ぽつりと口を開く。

「食えるようになるまで……おまえがちゃんと面倒みるんだな」

思いがけない言葉に、サキは呆然と立ち尽くしてしまう。

「あの、それって……」

「おかえり、サキ」

ダレンの一言に、サキの胸に言いようのない感情が湧いてきた。

「た、ただいま……」

それは、この砦(とりで)がサキにとって特別な場所になった瞬間だった。


「さて、と」

なにか手伝おうというダレンの申し出を断り、サキは街で買ってきた食材を眺めている。市場に並んでいる品は見たことがないものが多かったが、野菜や果物などの食べ物は、サキの知っているのとそれほど変わらなかった。

「よし……っ」

サキは腕まくりして包丁を握った。市場を見て回る間に、自分でも作れそうな料理を思いついたのだ。これまで砦で出た料理は、素材を煮たり焼いたりするだけで、美味(おい)しかったけれどもサキには物足りなかった。そこで、おわびの気持ちも込めて料理を振る舞うことにしたのだ。

「上手くできるといいけど……」

この世界では、肉はかたまりでどんと売っていて挽肉(ひきにく)がなかったので、包丁で細かく刻んでいく。同じように玉ねぎもみじん切りにして肉と炒(いた)め、茹(ゆ)でてつぶしておいたジャガイモと混ぜ合わせる。

それを小判型に丸め、小麦粉と溶いた卵液につけ、パン粉をまぶしていく。このパン粉は、市場では手に入らなかったためチーズをすり下ろす器具を買い、堅めのパンをすり下ろすことでなんとかしたものだ。時間はかかったが、それらしいものができた。

パン粉をまぶしたものを、サキはそっと油の中に入れ、揚げていく。かまどの火を調節するのが難しく、汗だくになりながらも、なんとか料理が完成した。

用意が整ったところで、サキはみんなに手作りの料理を振る舞うから広間に集まってほしいと伝え、四人を呼び出した。

「なんだ、これ」

テーブルに置かれたコロッケを、テオがしげしげと見つめている。どうやら食べたことがない料理のようだ。

「コロッケって料理で、わたしが住んでたところでよく食べられてるの」

すると、配膳を手伝ってくれていたダレンが言う。

「すごく手がかかってるよね」

「素朴(そぼく)な料理だけど、意外とね。がんばって作ったから、気に入ってもらえるといいな」

そっとアスランを見ると、彼も小さくうなずいてくれた。街で買い物をする時、サキはアスランにこのことを相談していたのだ。

「それじゃあ、どうぞ食べてみて」

テオとラニエルは、これまでとは違った雰囲気になにかを感じているらしい。ふたりはなかなか手をつけずに顔を見合わせている。

「変わった料理だが、美味(うま)いな」

最初にコロッケを口にしたのはアスランだった。率直な感想に、サキの頬が熱くなる。

「本当だ、とっても美味しいよ、サキ」

「ふたりとも、ありがとう」

ダレンも褒めてくれたのにお礼を言って、サキはテオとラニエルに向き直った。

「……ねえ、テオ。わたし、正直テオは心が狭いって思ってた」

「あ、あぁ？」

テオが驚きのあまり、あんぐりと口を開けている。

「でも、わたしみたいな得体の知れないのが突然やって来たら、調子が狂って当然だよね。迷惑をかけてたのに、わたし自分のことしか考えてなくて……本当にごめんなさい」

テオは、ぽかんとしてサキを見ていた。

「だから、おわびと思って作ってみたの。熱々のうちに食べてくれるとうれしいんだけど」

ラニエルも、と彼を見たところ、すでにラニエルの皿の上にはなにもなくなっている。

「僕は似たような料理を食べたことがあります。中身は違いましたけど……まあ、そんなことはどうでもいいです。それより、これってただのおわびだけとは思えませんね」

「う、うん、実はそうなんだ」

本を開きながらのラニエルの言葉に、サキはどきりとした。

そこで、サキは一呼吸おいてから話をはじめる。

「あのね、わたし、ラニエルが調べてくれて家へ帰る方法が見つかったの、多分だけど」

全員に注目され、少し緊張してしまう。

「この国の王に仕える宮廷魔道師だったら、魔法で元の場所に帰してくれるかもしれないって。でも、王様に頼み事なんてそうそうできるわけないし、どうしたらいいんだろうって考えてたら、アスランが教えてくれたの。国王に会うためには、大きな手柄を立てることだって」

そして、手っ取り早く手柄を立てるとすれば、強い魔物の討伐しかないとも。そこまで説明したサキは、四人を見回して言葉を続ける。

「わたしだけじゃそんなことはとても無理だと思う……でも、アスランが協力してくれるって言ってくれました」

サキは深々と頭を下げた。

「お願いします。みなさんにも協力してほしいんです。わたしも、この傭兵団のために力を尽くすつもりです。これまでは、ただお世話になっていただけだけど、なんでもします。一応、料理もできるし」

「よろしく……お願いします！」

覚悟はしているけれど、迷惑そうな顔をされているかもと思うと、なかなか顔が上げられない。

広間はサキの心臓の音が聞こえるのではないかと思うほど静まりかえっている。やっぱり虫のいい頼みだったか、と落胆しそうになった時、アスランが言った。

「責任の一端は俺にもある。できればサキを家に帰してやりたい」

やれやれ、とラニエルが本を閉じ、サキを見る。

「アスランがそう言うなら……そもそも僕にも責任はありますから」

ダレンも微笑みながら口を開いた。

「俺も協力するよ、サキはいい娘だし」

そして、アスランたち三人が、次はおまえだと言わんばかりにテオを見る。

そっと逃げ出そうとしていたテオは、四人の注目を集めてはさすがに居心地が悪いのか、そわそわし出した。

もちろん、サキとしては彼の協力が得られなくても仕方がないと思っている。もともとテオにはそんな義理などないのだから、無理は言えない。

「んだよ、めんどくせぇ……」

もごもごと言葉を濁しながら、テオがアスランをちらりと見る。

「テオ、無理じいはしないから……」

サキがそう言ったところ、テオは自分の髪をぐしゃぐしゃと掻きむしった。

「……わかったよ、やればいいんだろ！　うるさいおまえがここからいなくなるなら、手を貸すのも悪くねえからな！」

そう怒鳴ると、テオはコロッケを頬張り広間から出て行ってしまった。

サキが呆然とその背中を見送っていると、ダレンがくすくすと笑い出す。

「……口のききかたにちょっと問題があるけど、悪い奴じゃないんだよ、テオは」

テオとの口論の末、サキが飛び出して行ってからというもの、彼はずっと落ち着きなく過ごしていたらしい。

「心配してたんだよ」

ああ見えてね、とダレンはまだ笑っている。

「そうだったんだ……」

意外な話を聞き、サキはテオに少し親しみを覚えた。そして、アスランたちの顔を見回し、彼らのことも、もっと知りたいし役に立ちたいと感じたのだった。

そう、ここで、マネージャーとしてサポートをしていくつもりだ。


「……なんか、意外だった。テオも協力してくれるなんて思ってなかったから」

みんなへのお願いが終わったあと、サキはキッチンでダレンと食事の後片づけをしていた。

「テオは、なんだかんだ言って最後には絶対アスランに従うんだ。彼には恩があるからね」

それはテオだけじゃなくて、この傭兵団の皆がそうなんだけど、とダレンは続ける。

「アスランに……恩？」

「うん。俺たち、三年くらい前には、別の大きな傭兵団に所属していたんだ」

ダレンは手を動かしつつ言葉を続ける。

「テオとラニエルは昔からあの調子で、他の団員たちと折り合いが悪くてね。俺は途中で怪我をして、馬に乗って戦うことにしたんだけど、なかなか慣れなくて苦戦することが多くなってたんだ」

「馬？　馬なんて見たことないけど、いるの？」

ダレンは、ふいに目を逸らしてキッチンの片隅を見た。

「……それが、食うに困って売っちゃったんだよね」

サキがここに来る半月前ほどの話なのだとか。サキの寝床となっているキッチンの隅の干し草は、その馬を飼っていた名残ということだった。

「そうだったんだ……」

それで、戦闘に出られなくなったダレンは砦の雑用を自ら買って出ているのだろう。

「肩身のせまい思いをしていたところ、アスランが傭兵団から独立するから、ついてこないかって……」

だから、いちばん年長に見えないアスランが団長だったのだ。納得したが、サキにはまだ疑問があった。

「傭兵団から独立って、なにか条件があるの？」

嫌になったら退団するなど、自由にできないのだろうか？

「まあ、纏まったお金が必要だね。拠点を構えないといけないし団員も養わなきゃいけない。傭兵は、怪我とかが多い生活なのに、正規兵みたいに戦がない間も給金が出るわけじゃない。そこを助け合おうっていう集団でもあるからね」

「だったら……」

怪我をしたからといって、ダレンが肩身のせまい思いをしなくてもいいのではないか？　明日は我が身かもしれないのであれば、怪我人につらく当たることもできないはず。サキはそんな疑問を口にした。

「それは、まあ、治る見込みのある怪我に限られるかな」

「あ……」

また無神経なことを口にしてしまった。謝ると、ダレンは気にしてないと言わんばかりに首を横に振った。

「アスランは、前の傭兵団でも一、二を争う腕の持ち主だったし、あの若さでかなりの大物を倒したんだ。そして、その報奨金で自分の傭兵団を立ち上げた……」

ダレンは少し遠い目をしている。その時のことを思い出しているのだろう。

「若くても腕の立つアスランについて行こうか迷っている団員は多かった。それなのに、アスランが俺に声をかけてくれた時は……驚いたよ。結局、アスランが連れていったのは、団の中でも居場所のない者ばかりだった」

それがテオとラニエル、とダレンが微笑んだ。

「そうだったんだ……」

ふたりがアスランについていったくわしい理由までは、ダレンは語らなかった。個人的な事情を勝手に話すわけにはいかないからだろう。だが、なんとなくサキにはわかった。テオはあの誤解されやすさと人当たりの悪さのせいで、ラニエルは残念なノーコン魔道師だから……だと思う。

「アスランはいい奴だから、こんな俺にも出て行けなんて言わない。無駄飯食らいなのにね……」

「そんな……」

ダレンには、そのことがかえって重荷になっているのかもしれない。だから、ひっそりと隠れて槍の鍛錬をしていたのだ。

片付けが終わり、サキはひとまず広間に戻った。平気なふりをしているダレンの苦悩を思うと、胸が痛む。なにか力になれればいいが、いまは雑用を手伝うことしかできない。そんな自分に肩を落としている時、ふと気づいた。

そういえば、ヒヨコの箱はどうしただろう、と広間を見回す。確かテーブルの上に置いていたはずだが、見当たらない。

「あれ、どこにいったんだろ?」

箱から出していれば、ヒヨコたちは皆、思い思いにどこかに行ってしまうかもしれない。耳を澄ますと、窓の向こうからかすかにピヨピヨと鳴き声が聞こえてくる。庭に出てみたところ、テオがヒヨコの箱の前で膝を抱えていた。じっとヒヨコを見つめているその背中に、声をかけていいものかどうかサキは迷う。

声をかけずに広間に戻るべきかと思っていると、テオがぽつりと呟くのが聞こえた。

「……ずっと見てられるぜ、これ……」

意外な一言に、サキも近づいていって箱を覗き込んだ。

「あ……なんか、わかる気がする」

ヒヨコたちは無心でピヨピヨウロウロしている。

しばらくふたりで黙り込んだままヒヨコを見つめているうちに、サキは思わず呟く。

「ねえ、お金ってどうやったらいっぱい手に入るのかな……」

テオがヒヨコからサキに視線を移した。

「おまえ……それ唐突に言うことか？」

なんとなく、団員の中でいちばん現実的なのはテオではないかと思ったのだ。だから、ついお金について相談してしまった。

「馬って、やっぱり高価？　いくらくらいするのかな？」

市場での買い物でこの世界の物価がなんとなくわかったが、馬の値段は想像できなかった。

ただ、馬を買うお金を稼ぐにはかなりの時間がかかるということは、うっすらわかっている。手っ取り早くとまでは言わないが、なるべく短期間でがっぽり稼ぎたい。

「馬？　あー……馬な……」

テオにもサキの意図が思い当たったのだろうが、彼はなぜか複雑な表情を浮かべている。

「どうせダレンの馬を買い戻したいとかってことだろ？　お節介だな、おまえも」

「だって、ダレンは自分からは言わないいんじゃない？　そんなこと。お金もないし」

テオが少しの間考え込んでから言った。

「まあ、言わねぇだろうな……」

ダレンは、いま、膝が痛むせいでアスランたちと魔物退治に行けなくなっている。それはつまり、傭兵団(ようへいだん)の収入に直接貢献していないのだ。そして、ダレンはそのことを気にしている。サキからすれば、砦(とりで)を守っているダレンは十分みんなの役に立っていると思うのだが……

「わたしだって、家に帰るためにみんなに協力を頼むからには、できるかぎり恩返ししたいと思ってる。ダレンはすごく親切にしてくれるし」

ダレンの思いを知ってしまったからには、彼のよろこぶことで力になりたい。

「おまえ、金を稼ぎたいって傭兵に相談したなら、答えは魔物退治しかないに決まってるだろ？」

「でも、わたしは魔物を倒したりできないよ」

そんな話をしていると、ふいにテオが大きなため息をついた。

「はぁ……しょうがねぇから、協力してやるよ。おまえ、弓は使えるか？　使えなきゃ練習するぞ」

「え？　テオが？　ど、どうして？」

思ってもみない申し出に、サキは驚く。

「そりゃ……まあ、俺にとってもダレンは大事な仲間？　だし……」

歯切れの悪い言い方に、ひっかかるものを感じる。しかも、明らかにテオの様子はおかしい。

「……本っ当に、それだけ？」

じっと見つめると、テオが目を泳がせた。

「いや、なんつーか、ダレンが馬を売ったのは、俺の酒場のツケのせいなんだよなー……」

「はぁ？」

開いた口が塞がらないとは、まさにこのことだった。

「なにそれ？　本当に？　……嘘、サイテーじゃない」

信じられない思いでテオを見ると、さすがに彼も気まずそうにしている。

「俺だってずっと気にしてたんだぜ？　それに、いつかは返そうと思ってるしよ」

「でも、それなのにこの前も酒場にいたんだよね？」

ぐっと言葉に詰まったテオが、苦し紛れのように唸った。

「だから、この機会に俺も手伝ってやるって言ってんだろ」

「手伝うって、本来、テオがやんなきゃいけないことじゃない！」

サキの大声に驚いたヒヨコたちが、一層ピヨピヨと騒ぎ出す。こんな話を聞いては、なおさらダレンが気の毒で、サキはますます馬を買い戻す決心を固めたのだった。


ダレンの馬を買い戻す話をした翌日の午後。サキは急いでいた。

雑用を終えたサキは、ヒヨコのエサ探しを口実に砦を出た。本当はもっと早くに出るつもりだったのだが、一緒に行こうか、と親切に言ってくれるダレンになんだかんだと理由をつけて断るのに、時間がかかってしまったのだ。

砦から森の中を十分ほど進むと、道から外れた少し先に目印の大きな杉の木が見えてくる。

「テオ？」

ガサガサと藪を掻き分けると、木の下にテオが立っていた。彼は、いつも眉間に皺を寄せて険しい顔をしているが、振り返った表情はこれまで見たことがないくらい自然だ。こうして見ると、テオは意外と人目をひく顔立ちをしているのかもしれないと思う。

「なんだ、どうかしたのか？」

自分を見てサキが立ちすくんでいたからだろう、テオが怪訝そうな表情をしている。

「……ううん、なんでもない。でも、なんか、変な感じ」

ふたりでこっそり会う約束をして待ち合わせていたことに、なんだか違和感があった。

「なにがだよ」

なんでもない、と言ってサキはテオのとなりに立つ。

思えば、ずっと部活に打ち込んできたため、彼氏もできたことがないし、こんな風に男性と待ち合わせた経験もなかった。ラグビー部の部長のことは、憧れていたし尊敬していたが、親しい関係になりたいと想像したことはなかったのだ。高校生になってもこれまでそれを特に気に病んでいなかったのに、なぜいまさらこんなことを感じてしまったのか、サキは自分でも不思議だった。

「ほら、練習用だ」

ぽん、と手渡された弓は、テオの持っているものよりも一回り小さい。矢も短くて扱いやすそうだ。見よう見まねで、サキは弓を構えてみた。

「こんな感じ?」

「弓の左側に矢がくるようにつがえるんだよ」

矢筒からすっと矢を抜いたテオが、サキの背後に立ち、手を添えてくれる。

「弦は人差し指、中指、薬指の第一関節に引っ掛ける形で引くんだ」

「こう?」

言われた通り、ぐっと指に力を込めて弦を引いてみた。

「おまえ……結構力があるな」

女はここで引く力が足りずに苦労するものだ、とテオが呆れたように言う。サキにしてみれば、柔道では襟を掴んで引っぱるのが基本だったし、いまでも腕の力には自信がある。これなら、意外と早く習得できるかもしれない。

「顎のあたりまでまっすぐ引いて……」

弓がぎりぎりと軋むと、さすがに手が震える。

「撃て！」

弦を引き絞っていた手を放すと、矢がへろへろとブレながら飛んで、すぐそばに落ちた。

「あれ？」

「最後まで弓を持つ手の力を抜くな」

もう一度構えろと言われ、その通りにする。今度はサキの手の上からテオがぐっと弓を掴んだ。彼の手は大きく、サキの手をすっぽりと包んでしまう。

「……おい、なにボケっとしてんだよ？　やる気がないなら、俺は帰るぞ」

そう言われて、サキは我に返った。

「ご、ごめん」

謝ったものの、どこか理不尽さを感じる。そもそも誰のせいでこんなことになったと思っているのだ。ただ、教えてもらっているのに気を散らしたサキも悪かった。

余計なことは考えずに集中しなくては、と言われたことに気をつけながら弦を引く。

「……撃て！」

鋭い音がした直後、今度こそ矢はまっすぐ飛び、少し離れた木の幹に命中した。

「やった！」

よろこびのあまり背後にいるテオを振り返ると、すぐそばに彼の顔があった。

「っ！」

「なんだ？」

テオは、息がかかりそうなほどの至近距離でサキの顔を見ているのに、平然としている。

「な……なんでもない」

テオは、アスランよりもさらに年上だ。サキのことなど子どもにしか見えていないに違いない。

そう思うと、変に緊張していたことがばかばかしくなり、サキは大きく息をついた。

「それにしても、おまえ、女にしては体の芯がしっかりしてるな。見所があるぜ」

率直な褒め言葉に、サキはちょっとうれしくなったが、顔に出さないようにした。からかわれるかもと思ったのだ。

「じゃあ、ひとりで練習してみる。この弓と矢、借りてていい？」

「ああ、矢はちゃんと回収しろよ」

一本もなくすんじゃねーぞ、と言ったテオは、なぜか近くの切り株の上に腰を下ろしてふんぞり返っている。

「なにしてるの？」

「見てたら悪いのかよ？」

そう言われれば、追い払う理由もない。

「別にいいけど……」

結局、疲れで手が震えるほど練習し、サキはなんとか弓が扱えるようになった。テオには、この調子であと二、三日練習すれば、実際に魔物を倒せる、と保証された。

そのあと、ヒヨコたちのために倒れて朽ちている木の下からテオとミミズを掘り出し、持って帰る。こっそり弓を練習し、魔物を倒して報奨金を得ようとしているのは、ダレンにはなんとしても知られてはならない。彼のことだ、きっと気にしてしまう。

テオは普段からぶらぶらと過ごしているため、彼がサキのあとからふらりと帰ってきても、ダレンはふたりがさっきまで一緒にいたなどと思わなかったようだ。もうすぐ夕食だから、アスランが戻ってきたら皆で食べよう、とのんびり言うだけだった。

特にあやしまれずにすんでサキがほっとしている時、テオは楽しそうにヒヨコにミミズを与えていた。


あれから二日、秘密の特訓のおかげで、サキの弓の腕はずいぶん上達した。動くものにも矢が命中するようになったし、練習のあとで手が震えなくなっている。

そして、ついにテオとふたり、ダレンの馬を買い戻すための作戦を決行する日がきた。

「おい、これを被ってろ」

出発前、テオに渡されたのは一枚の布だった。タオルくらいの長さと幅で、色はくすんだ緑だ。

「なに、これ？」

サキが指で摘んでおそるおそるにおいを嗅いでいると、テオに怒鳴られる。

「いいから、さっさと顔を隠せ！」

「顔を隠す？」

どういうことかと思っていたら、手にしている布を強引に奪われた。驚いている間にそれで顔をぐるぐる巻きにされてしまう。

「やだ、なんかくさいって、これ！」

もごもごと抗議するが、ぎゅっと布を頭の後ろで結ばれた。手をやったものの、結び目が固くてほどけそうにない。サキがもがいている間に、テオも同じような布で顔を隠している。

「よし、これで準備は整ったな」

布から出ているテオの目はいつもと違って鋭く、サキは息をのんだ。これから魔物を撃つ、という緊張感に満ちている。

「行くぞ、ちゃんとついてこいよ」

サキは、テオと共によく魔物が現れるという、砦から三十分ほど離れた森に来た。ここは、街道と大きな小麦畑の間にあり、頻繁に人が魔物に襲われる場所らしい。そのため、積極的に魔物を退治するよう国から触れが出ているのだとか。

「どうしてここには魔物がよく現れるの？」

サキの質問に、テオがあっさりと答える。

「さあな、魔物はどこからともなく突然現れんだよ。他の動物とは違ってな。それがどういう仕組みなのかは、まだよくわかってないんだ」

場所によって魔物が出やすいところと、そうでないところがあり、この森は前者で、砦のある森は後者ということだった。

「それなら、毎日ここで魔物を退治すればいいんじゃないの？」

そうすれば報奨金も稼げるし、アスランも一日を鍛錬だけで過ごすこともなくなるのではないか。

「魔物の数は決まってねえんだ。わらわらいる時もあれば、まったく姿が見えないこともある。そうなったら……どうなるか、わかんだろ？」

「え？　どうなるの？」

「ったく、おまえがこれまでのんきに暮らしてきたってのは、よくわかったぜ」

サキが首を捻っていると、テオが呆れたように教えてくれた。

「傭兵同士で魔物の取り合いになるんだ」

「取り合い……」

サキははっとした。それは、生活のための競争だ、熾烈に違いない。だが、どこからか魔物が湧いてくるのなら、その日の数が少なくても、ゆずり合って明日を待てばいいのではないか。

そう言ってみると、テオは余計に呆れた顔になる。

「バカかおまえは。そんなもん、守るわけねえだろ」

その言葉に、サキはピンときた。

「もしかして、テオって、ここで魔物を独り占めして他の傭兵の人に反感を買ったんじゃないの？」

「んなわけ——」

否定しようとしたテオの言葉を遮り、サキは言い募る。

「間違いないでしょ。だって、目が泳いでるもん！」

「うるせえな。だから、こうして顔を隠してんだろ！」

顔を隠すということに、こんな後ろめたい理由があるとは思わなかった。

「深追いはしねえし、こっち側の森の入り口までは、他の傭兵も滅多に来ねえ。魔物もあんまりいねえけどな。森の奥まで行けば誰かに見つかる可能性があるが、あぶない橋は渡らねえよ」

「本当に？」

疑わしかったが、ここまできて帰るわけにはいかない。サキは魔物を倒したあとどうすればいいか、くわしいことはよく知らないし、テオの機嫌を損ねれば、ダレンの馬を買い戻す術がなくなる。

森へ足を踏み入れてから少しして、テオが立ち止まった。

「い、いた？」

サキがきょろきょろとまわりを見回していると、テオが言う。

「バカ、上だ、上」

慌てて視線を上げると、まっすぐに伸びた杉の木のてっぺんに、黒い影のようにカラスがとまっている。それは、サキが見知っているカラスよりふたまわりは大きい。

「大ガラスだ、ついてるな」

テオの言葉に、報奨金が高いのかと聞いてみたところ、そうではなかった。

「あんな木の上、剣だと届かねえだろ」

なるほど、とサキはうなずく。弓の練習の時、テオに何度か手本を見せてもらったが、彼の矢はサキの放ったものよりはるか遠くまで飛ぶ。これくらいの距離ならものともしないだろう。

「よし……」

無駄のない動作で、テオが背中の矢筒から矢を抜き取り構える。彼は微動だにせず焦点を絞り、ふいに息を止めた。

サキも息を詰めて大ガラスを見つめる。どきどきと胸の鼓動が速くなり、緊張感のあまり手に汗が滲む。頬に当たる風がやんだ、と気づいた瞬間、テオの矢が放たれた。

「ギャアアアア！」

羽根が散り、大ガラスが錐もみ状態になって真っ逆さまに落ちていく。

「や、やったの？」

テオは、得意そうに笑った。

「当たり前だろ」

行くぞ、と促され、テオと共に杉の木の根元に急ぐ。そこには、黒いボロ布のように、大ガラスが羽根を広げて倒れていた。

「し、死んでるの……？」

「ああ」

テオが大ガラスに刺さっている矢に手をかけようとした時、頭の上でギャアギャアと鳴き声が響いた。

「テ、テオ……！」

見上げると、何羽根も大ガラスが集まってきて、鳴きながらぐるぐると頭上を旋回している。

「ちょ……なにこれ、魔物は仲間がやられた声を聞くと逃げていくんじゃないの？」

鬼グマを倒した時、ラニエルが確かにそう言っていた。

「大抵の魔物はな。だが、大ガラスたちは違う」

仲間想いなんだよと言いながら、テオが弓を構える。彼は一瞬で矢をつがえ、旋回している大ガラスの内の一羽根を射落とす。

「これを待ってたんだ。さあ、サキ、おまえも撃て！」

テオは次々と大ガラスを射落としていく。サキも弓を構えようとしたが、緊張して上手く矢を掴むことができない。

「きゃあっ！」

もたもたしていると、サキの頭の上から射落とされた大ガラスが降ってくる。思わず頭を庇って避けた途端、足元の岩に躓いてしまった。

「あっ！」

咄嗟にバランスをとり、すぐそばにあった木の幹に背中をぶつけることで倒れずに済んだ。

「なにしてんだ、早くしねえと、大ガラスたちが共鳴をはじめるぞ！」

「共鳴？　なにそれ！」

サキの声に、テオが大声で叫び返す。

「幻惑の共鳴だ！　それを聞いた奴は、幻覚に襲われる！」

「そんな大事なこと、先に言っといてよ！」

ここで幻覚に襲われたらどうなるのか。視界がありえない景色に変わり、惑わされている間に大ガラスにつつかれるのだろうが、そうなったら怪我だけで済むとは思えない。彼らのくちばしは大きく、鋭そうだ。

サキは、木の幹を背にしたまま弓を構え、矢をつがえた。弦がぎりりと軋み、弓がしなる。

そのまま、サキの頭上をぐるぐると旋回している大ガラスに狙いを定めた。矢を放ってから狙いに届くまでのタイミングを計り、あとは矢羽根を放すだけだ。だが、手が離れない。

「撃て、サキ！」

弓を構えたまま硬直しているサキに気づいたテオが叫ぶ。

「く……」

このままではいけない。そうわかっていても体が動かなかった。テオの声が遠くなる。

撃てば、魔物とはいえ大ガラスの命を絶つことになるのだ。サキには、自分の手でなにかの命を奪う覚悟などできていなかった。心の迷いのせいで、狙いがぶれる。

「早く撃て！」

弦を引き絞ったままで腕がつりそうになるが、次の動作にどうしても移れなかった。

「で、できない……っ」

その瞬間、サキは唐突にまわりから切り離されたようになにも聞こえなくなった。ややあって、静寂の向こうからなにかが聞こえてくる。その響きは次第に大きくなり、不思議な音がいくつも重なり合って頭の中を掻き回す。

「う……っ」

サキはふらりとよろけた。視界が歪んで溶けていき、また塗り替えられる。森の木立は陽炎のように消え、違うものが見えてきた。

「あれは……」

高校の部活棟の廊下だ。

窓から午後の日差しが差し込み、グラウンドで野球部が練習する声が聞こえてくる。そろそろラグビー部のみんなも支度を終えて出てくるはずだ。サキが今日の練習メニューをノートで確認していると、部室のドアが開いた。

「部長、今日のメニュー……」

いつものように声をかけたところ、ドアから出てきたのは……アスランだった。

「アスラン……！」

はっと気づいた時、目の前にテオがしゃがみ込んでいた。サキが立っているのは、学校の部室棟の廊下ではない。森の中だ。

「……テオ」

「ったく……ボケッとしやがって……」

見ると、テオが押さえている肩から血が滲んでいる。すぐそばには、折れた矢に貫かれた大ガラスが落ちていた。もう空中を飛んでいる影はない。

「だ、大丈夫？」

慌ててサキも屈み込み、テオの体を支えた。幻覚に惑わされ立ち尽くしていたサキを大ガラスから庇って、テオは怪我をしてしまったのだろう。

「ごめんなさい……わたし……」

テオはなにも言わずに肩を押さえている。

「な、なにか持ってる？　手当てするものとか」

バッグの中には絆創膏が入っているが、今日はそのバッグを持ってきていない。おろおろしていると、テオは必要ない、と言って立ち上がった。そのまま彼は油断なくあたりを見回す。いまのところ見当たらないが、他の傭兵たちを警戒しているのだろう。大ガラスたちの鳴き声は大きかったので、その声を聞いた者たちが集まってくるおそれがあった。

「ねえ、テオ、手当てしないと……」

「大したことねえよ。それより、さっさと頭の羽根を切り取って森から出るぞ」

大ガラスには、頭の上に飾りのような羽根が一本ぴょこんと生えていた。魔物を倒した証として提出するのは、その魔物の体にひとつしかない部位と決まっているそうだ。

テオの怪我は気になったが、なにを言っても手当てをさせてくれそうにない。サキも、とりあえずこの森を出た方がいいと判断した。

「じゃあ、わたしも、手伝う」

せめて少しでも役に立たなくては、と申し出たが、あっさり断られてしまう。

「……いや、いい。俺がやる」

仕方なく、サキは放たれたあとの矢を集めて回ることにした。矢は折れているものもあったが、そのほとんどは大ガラスを見事貫き、きれいに残っている。

少し離れたところで散っている黒い羽根にサキが近づいた時、なにかが動いた。

「わ……っ」

まだ大ガラスが生きているのかと驚いて足を止めてよく見ると、幼い子どもがいた。

「え？」

見間違いかと目を凝らしたが、やはり小さな子どもだ。どうしてこんな子どもが魔物が出る森の中に……。そう思って唖然としているサキに、子どもが気づいた。さっと薄汚れたマントのフードを目深に被り直し、跳ぶように走っていってしまう。

「ちょっと……！」

一体、なにをしていたのか、と子どものいたところまで行ってみると、そこには大ガラスがぐったりと羽根を広げているだけだった。

「なんだったの……？」

子どもの逃げ去った方向を見ているサキに、テオが面倒くさそうに歩み寄る。

「そこにも落ちてるのか？」

「うん、ほら……あれ？」

戸惑っていると、テオがさらに近づいてきた。

「なんだ？」

「見て、この大ガラス、頭の羽根がない」

そう言った途端、テオがはっとした。

「それに、さっきここに子どもがいて……もしかして、その子が持って行っちゃったのかな」

あたりを見回すが、羽根はどこにも落ちていない。

「テオ？」

こんな森の中に子どもがいたなんて信じてもらえないだろうか、と思いテオを見ると、彼のいつも不機嫌そうな顔が、さらに険しくなっていた。

「……他の大ガラスから羽根は五本とれた。今日は十分だろ、帰るぞ」

「でも……」

あきらめずにさがそうとしたサキに、テオが重ねて言う。

「いいから、放っておけ」

厳しい声に、サキはびくりと足を止めた。一体、なぜそんなに怒っているのかわからない。

いつものテオらしくない様子が気になったものの、促されるまま森をあとにする。彼は歩いている間一言も口をきかず、砦へ向かう小道まで来たところで、サキにこのままひとりで帰れと言った。

「テオは？」

ふたりで出かけていたことがダレンに知られてしまうのを避けるため、あとから少し遅れて帰ってくるのだろうかと思ったけれど、そうではなかった。

「俺は街へ行ってこの羽根を金に換えてくる」

「え……」

テオをひとりで街へ行かせていいものか、サキは迷う。またこの前のようなことになったら、と不安になったが、口には出せなかった。そもそも、大ガラスを仕留めたのはテオだ。報奨金の使い道を決める権利は彼にある。なにより彼はいつにも増して不機嫌そうで、怪我のことを口にするのすらためらわれる状態だ。

「……わかった。じゃあ、先に帰ってるね」

「ああ、夜までには戻る」

心配だったが、テオには仲間想いなところもあると信じるしかなかった。

テオと別れ、サキはひとりとぼとぼと砦への道を歩いていた。

思い出すのは、森での失敗のことだ。あんなに弓の練習をしたにもかかわらず、まったく役に立たなかった上に、テオに怪我をさせ、迷惑をかけてしまった。

「はあ……」

ため息ばかりが出てきて、足取りは重い。早く帰らなければダレンが心配するとは思ったが、足を速める気にはどうしてもなれなかった。ふと振り返るけれど、当然テオの姿は見えない。サキは、彼の冷たい態度にも傷ついていた。

もちろん、その原因は自分にある。だが、どうしてもこの手で大ガラスの命を奪えなかったのだ。魔物は人を襲うこともある危険な存在だと言われても、これまでのサキはただの女子高生で、そんな真似をしなくてもいい世界に住んでいたのだから。

考え込んでいたサキは、大ガラスの幻覚で見た光景を思い出す。部活棟の廊下……いつもの午後の景色……どうしてあそこにいられなかったのだろう。

帰りたい、あの午後に。

「……っ！」

その気持ちに気づいてしまった瞬間、考えないようにしていた思いが、胸の奥底から溢れてくる。

「ふ……う……う……っ」

堪えきれない嗚咽が漏れ、サキは立ちつくした。

泣いてはだめだ。泣きはらした目で砦に帰るつもりなのかと、厳しく自分を叱咤する。

どんなにつらくても泣いてはいけない。あの時だってそう自分に言い聞かせ、泣かなかったではないか。あの日、靱帯を痛めて柔道の道をあきらめた時も。

泣かなければ、きっとこの困難も乗り越えられる……

「く……っ」

歯を食いしばり、サキは前を向いた。そして、砦への道を歩き出したのだった。

なに食わぬ顔で砦に帰り、サキはヒヨコたちの世話をしたあと、ダレンと夕食の準備をした。たわいない会話をし、テオを除いた団員たちとテーブルを囲む。

今日の夕食は、豆のスープとマッシュポテト、チーズにハムという豪華なものだ。だが、なにか食べようとしても食欲が湧いてこなくて、サキはスプーンを持ったまま、じっと皿を見つめていた。

「あれ、どうしたの、サキ？　ぜんぜん食べてないけど」

サキが食事に少しも手をつけていないことに気づいたダレンが声をかけてくる。

「う、うん……帰り道で落ちてた胡桃を食べたら、なんかお腹いっぱいになっちゃって。あとで食べようかな」

向かいに座っているラニエルが、呆れた顔でサキを見ている。ここは、無理にでも食べた方が、彼らに心配をかけずに済むのかもしれない。しかし、胸に迫る思いは自分でもどうにもできなかった。食事の準備中はなんとか抑え込んでいたが、もう限界だ。

「ちょっと風に当たってくるね」

サキは立ち上がり、平静を装って広間を出た。キッチンを通り、バッグから大事なノートをそっと取り出し外へ行く。

夜空には多くの星が輝いていた。この空は、サキの住んでいた街には繋がっていないのだ、とあらためて思ってしまう。

あの場所に戻りたい、ただそれだけなのに……

「サキ」

急に呼ばれてどきりと視線を落とすと、サキの足元に、月に照らされた人影が延びている。

「アスラン……」

ゆっくりと振り返ったところ、アスランが壁にもたれて立っていた。

「なんで飯を食わないんだ？」

思わぬ質問に、一瞬間が空いてしまったが、サキはなるべく平然と答える。

「やだなあ、女の子なんだからそういう時もあるの。そんなこともわからないなんて、アスランって意外とモテないんじゃない？」

そんな軽口を叩いてみたが、アスランは笑うわけでもなく、じっとサキを見つめたままだ。

「用はそれだけ？　だったら心配いらないから……」

そう言ってなんとかやり過ごそうとしたものの、涙が溢れてきて声が震える。

サキはアスランの視線を避け、俯いた。やがて、本音が口をついて出てしまう。

「泣かないって……決めたのに……っ」

「なぜだ？」

「……泣いたら、そこで心が折れる。きっと家に帰れるって……信じられなくなる……っ」

「サキ」

近づいてきたアスランにぐっと抱き寄せられた。それは、いたわるようなやさしい抱きしめ方ではなく、無造作でなんの雰囲気もないものだ。だが、力強かった。

「わ……わたし……い、家に……帰れるの……かな」

「ああ、心配するな、必ず帰してやる」

途端に、嗚咽が堰を切ったように止まらなくなる。

「ずっと我慢していたんだな」

ずっと……その言葉を聞いて、サキは昔のことを思い出していた。

あの日――病院で、医者から柔道の道をあきらめろと言われた日まで、記憶が戻っていく。

「泣いてもおまえのなにかがだめになったりしない。気が済むまで、いくらだって泣いていいんだ」

「アスラン……」

「そうだ。俺のこの名を信じろ」

アスランがそう言った意味はわからなかったけれど、サキはただうなずいた。

サキが顔を上げると、アスランの腕がゆるむ。間近で見る彼の瞳は強い光を秘め、揺るぎない自信があった。彼もきっと、なにかを乗り越えてきたのだ。

「ありがとう……」

その夜、サキの涙が止まるまで、アスランはそっと寄り添っていてくれたのだった。


「よ！」

どういうつもりか、一晩帰ってこなかったテオは、朝になって上機嫌で帰ってきた。

砦のみんなはいつものことだと心配していなかったが、サキはまた彼が酒場で飲んだくれたり暴れたりしているのでは、とやきもきして待っていたというのに。

「一晩なにしてたの？」

サキは、砦から少し離れた木陰にテオをひっぱっていき、問い詰めた。すると、彼は満面の笑みで懐から革袋を取り出す。

「なに、これ？」

「なんだと思うよ？」

テオが袋を振ると、じゃらじゃら音がした。

「まさか……」

サキの手の上に革袋が置かれる。ずっしりと重いそれを慌てて開けてみれば、中には驚くほど多くの金貨が詰まっていた。ざっと二十枚以上は入っているように見える。

「こ、これって……っ！」

サキは信じられない思いで、革袋をぎゅっと両手で握りしめた。

「ど、どうしたの？　あの羽根が全部この金貨になったの？」

だが、鬼グマの尻尾ひとつで金貨二枚だったのに、大ガラスの羽根が一本で金貨四枚以上したとは思えなかった。

「それがよ……聞いて驚け。あの羽根の金を元手に、酒場の賭けトランプで勝ちまくったんだ」

「賭けトランプ⁉」

大声を上げたサキの口を、無理矢理テオが塞ぐ。

「バカ、声がでかいんだよ、おまえは」

テオはあたりを用心深く見回し、もう大声を出さないようサキに言ってから手を離した。サキはまず大きく息をついて、言われた通りひそひそとテオにささやく。

「賭け事なんてして……負けてお金が全部なくなったらどうするつもりだったの？」

「現にこうして増えたんだから、文句ねえだろ？　余裕で馬が買い戻せるぜ」

懲りない性格だと呆れたが、これで馬を買い戻せるのは事実だ。いまいち手放しでよろこんでいいものか迷うけれど、こんな大金に手をつけずに戻ってきたのだから、テオも彼なりに馬を買い戻したいと思っていたのだろう。

「俺がさっさと街で買い戻してきてもよかったんだけどな、一応、おまえにも知らせてからにしようと思って帰ってきたんだぜ。親切だろう？」

テオはどこまでも上機嫌だ。彼なりにサキに気をつかっているのだと気づき、サキはなにも言えなくなる。ただ、気になっていたことがあった。

「そういえば、怪我はどうしたの？」

「あんなもん舐めときゃ治るって」

大丈夫だと言わんばかりにテオが腕をぐるぐると回して見せたので、サキはほっとした。

また大きく息をついたサキに、テオが明るく提案する。

「よし。じゃあ、今日の午後にでも買い戻しに街へ行くか」

「う、うん……あと、念のため聞いておきたいんだけど、イカサマで勝ったとかじゃないんだよね？」

「おまえ、失礼なこと言ってんじゃねーぞ？　俺は、ここぞという時の勘が冴えてんだよ」

「ここぞという時の勘？」

こんなに自信たっぷりに言うのだ、なにかしら根拠があるのだろう。

「ああ、アスランにあの名をつけたのは俺だからな。あいつの顔を見て勘が働いたんだ、こいつはただ者じゃない。こいつに賭けようってな。その予感通り、あいつは凄腕の傭兵になってこの団を立ち上げた」

「……それ、どういうこと？　テオがアスランの名前をつけたってこと？」

「あ……っと」

テオがしまった、という顔をしたが、この耳ではっきり聞いたのだ、もう遅い。

それにしても妙な話だった。名付けとは、普通は親ないし身内がするものだ。しかし、テオとアスランは血縁者ではなかったはず。

「いや……まあ、なんつーか」

誤魔化そうとするテオに詰め寄ろうとした時、背後に気配を感じた。振り返るとラニエルがこちらを疑わしそうに見ている。

「ラ、ラニエル……」

思わず狼狽えるサキに、ラニエルが眉を寄せて言った。

「ふたりは……ただならぬ関係なのですか？」

「えっ！」

サキとテオが同時に声を上げた。すると、ラニエルの背後から声がかかる。

「ラニエル、邪魔しちゃいけないって言っただろう」

ダレンが現れ、サキはテオと顔を見合わせて息をのむ。なんだか、勘違いをされているらしい。

「ほら、向こうへ行こう」

ダレンが呼ぶけれど、ラニエルはむっとして言い返す。

「子ども扱いしないでください。僕だって、このふたりがどういう意味であやしいかくらいわかりますよ」

「ご……」

誤解だと言おうとしたサキだが、後ろからテオに口を塞（ふさ）がれた。

「そうなんだよ、悪いな、ふたりとも。邪魔しないでくれるとありがたいぜ」

冗談ではない、この場しのぎの嘘とはいえ、テオと恋人同士だなんて勘違いされては困る。なんとか口を塞いでいる手を振りほどき、サキは叫んだ。

「ご、誤解なんだってば！」

力の限り叫んだからか、砦（とりで）の方からアスランも現れた。

「どうした？　なにを騒いでいる？」

テオが額（ひたい）を押さえ大きくため息をつく。これ以上ないほど事態がややこしくなってしまった。

外で大騒ぎしたあと、五人は砦の中へ戻った。広間のテーブルの上には、金貨の小さな山ができている。その前でサキはテオとふたり、居心地悪く座っていた。

「金貨が二十三枚ありますね……」

ラニエルが数えてアスランに言う。

「どうしたの、こんな大金？」

心配そうにダレンが聞くと、なんでもないことのようにテオが答えた。

「……東の森で魔物を倒したんだよ、ちょろっとな」

東の森で？　とダレンとラニエルが怪訝そうに視線を見交わす。魔物を倒しただけで手に入る金額ではないとわかるからだろう。

「東の森には、ほとぼりが冷めるまで行かないという約束だったろう、テオ。また揉め事を起こすつもりか？」

アスランの厳しい声に、サキの方がびくびくしてしまう。だが、慣れたものなのか、テオは平然と言った。

「顔も隠してたし、他の傭兵とは鉢合わせてねーよ。東の森の入り口らへんで大ガラスを何羽根か撃ち落としただけだ」

アスランはなにも言わず、じっとテオを見ている。

「でも、なんでそんなことしたんだい？　テオがアスランの言いつけを破るなんて」

そう尋ねるダレンの横から、ラニエルがサキを示しつつ口を出した。

「どうせ、その人にたぶらかされたんでしょう」

「た……」

たぶらかしてなんていない、と言いたかったが、そうとも言い切れない。事の発端は、サキが言い出したからだ。

「おい、ラニエル。聞き捨てならねえな。俺がこんな小娘にたぶらかされるわけねえだろうが」

「だったら、なぜふたりでこそこそしていたんですか？」

体を強ばらせるサキの横で、テオが渋々といった様子で口を開く。

「……ったく、しょうがねえな……ほら、金貨二十枚必要だったっつったら、なんだかわかるだろ」

アスランとラニエルが顔を見合わせている中、ダレンが立ち上がった。

「もしかして……アルフォンスの……」

「それしかねえだろ」

テオも面倒くさそうに立ち上がり、金貨をダレンの方に押しやる。どうやら、ダレンの馬の名はアルフォンスというらしい。

「金貨十六枚で売り飛ばしたんだ、二十枚もあれば買い戻せる。あとの三枚は利子だ」

「テオ……」

ダレンは呆然と金貨を見つめ、そして首を横に振った。

「……これは、受け取れないよ。アルフォンスのことは納得して手放したんだ。馬を飼うには、やっぱり少なからずお金がかかるからね。だから、もう気にしなくていいんだよ」

「え……っ」

思わず大きな声を出してしまったサキに、ダレンが視線を向ける。

「どうしたの、サキ？」

ダレンはひとりで槍の練習をしていたのだ。それも、誰にも知られないように。なのに、サキが勝手に皆の前で話してしまっていいものか。だが、これから先もダレンが傭兵団の雑用係として暮らしていくのかと思うと、黙っていられなかった。

「ダレン……だったらどうして、ひとりで槍の練習をしてるの？」

ダレンが息をのむ。そんな彼に、サキはぽつぽつと言葉を続けた。

「ごめんなさい。この前、見ちゃったんだ。井戸のそばで槍の練習をしてたでしょう？」

「……参ったな」

ダレンが椅子にどさりと腰を下ろした。

「見られてたなんてね、みっともないな」

「ご、ごめん……」

慌てて謝ると、ダレンは困ったように微笑んだ。

「謝らなくていいよ、サキはなにも悪くないから」

そう言いながらも、ダレンは大きくため息をついて俯く。

「やっぱりね、どうしても剣を振るっていた頃の自分と、いまの不甲斐(ふがい)ない自分を比べてしまうんだ。それがつらくてね……アルフォンスを手放したのも、いっそ傭兵をやめてしまえば、そんな自分に苦しむこともなくなると思ったんだ。でも、アルフォンスがいなくなったあとも、思いきることはできなかった……」

そう言って、ダレンは顔を上げた。

「ありがとう、テオ。アルフォンスを迎えに行くよ」

テオは、正面から感謝されるのに耐えられなくなったのか、乱暴に椅子に座る。

「俺に礼なんて必要ねえんだよ。だいたい、こいつが言い出したんだからな」

そう言って、テオがサキを見る。

「あれ？　さっき、たぶらかされてないって言ってましたよね？」

ラニエルが聞こえよがしにアスランに話しかけると、テオが顔を赤くして怒鳴った。

「うるせえぞ、ラニエル！」

逃げようとしたラニエルがテオにつかまり、ふたりが揉(も)み合いをはじめる中、ダレンがサキに言った。

「サキも……ありがとう」

そうして、ダレンからの申し出を受け、サキは午後、彼とふたりでアルフォンスを迎えに行くことになった。

午後になって、逸(はや)る気持ちのまま道を急ぐダレンの膝(ひざ)が痛まないか心配しながら、サキは彼と街へ向かった。無事にアルフォンスを買い戻せたら、残りの金貨でいろいろと買い出しをして帰ろう、と言う彼の声は弾んでいる。

ダレンが本当にうれしそうで、サキもアルフォンスに会うのが楽しみになっていた。何年か前に高原の牧場に家族で遊びに行った時、乗馬を体験したこともあるので、少しは馬に慣れている。アルフォンスとも上手くやれると思っていた。

無事街へ着き、ふたりはさっそくアルフォンスを買い取った商人の邸(やしき)に出向く。そして金額の交渉が無事終わり、厩(うまや)に入ったサキは、繋(つな)がれていた馬の姿に驚いた。

「こ、これが、アルフォンス？」

優雅な名前とは裏腹に、アルフォンスは見上げるほど大きくて強そうだった。サキが知っている一般的な馬の倍はある。たてがみはさらさらではなく、もっさり長いし、脚もすらりと細いわけではなく、太く逞(たくま)しかった。がっちりとした蹄(ひづめ)は分厚く、蹴(け)られれば命の危険もあるだろう。

「アルフォンス」

ダレンがためらうことなく近づくと、アルフォンスは甘えるように首を下げた。

「元気にしてたかい？」

ダレンはアルフォンスとの再会を噛(か)みしめるみたいに首を撫(な)でたり、声をかけたりし続ける。内心驚いていたものの、サキは静かにその様子を見守った。

しばらくして気が済んだのか、ダレンがサキを振り返る。

「これがアルフォンスだよ、サキ。かわいいだろう？」

「つ、強そう……」

思わず本音を口にしてしまったが、ダレンは気にした様子もなくアルフォンスの首を撫でた。

「そうなんだ。アルフォンスは、戦闘馬だからね」

「戦闘馬？」

ダレンの説明によれば、戦闘馬とは戦場に連れて行く馬で、大変気性が荒く、小さな魔物が群がってきても蹴散らすほど強靭らしい。

「どうりで……」

アルフォンスはお世辞にもかわいらしい見た目ではない。だが、ダレンによく懐いているのか、うれしそうに鼻を鳴らし、おとなしく首筋を撫でられている姿はいじらしかった。馬は賢いというだけあって、きっとダレンを覚えていたのだ。

売られてからのアルフォンスは、買い手がつくまで商人のもとで荷車などを引いていたという話だ。だが、言うことを聞かないので持て余されていたらしい。

「でも、戦闘馬っていうくらいだから、戦場では役に立つんだよね？　なのに売れないなんて……」

そう言うと、ダレンが困ったように頭を掻く。

「この大きさだからね。……よく食べるんだ」

なるほど、とサキは納得すると同時に途方に暮れた。確かに、この体格を維持するにはたくさん食べるだろう。

「だけど、これで俺も決心したよ。もうアルフォンスを手放したりしない。また傭兵としてやっていくよ。彼の食い扶持も稼がないといけないしね」

晴れ晴れとしたダレンの表情に、サキも胸が熱くなった。

商人に挨拶をして、ダレンと共にアルフォンスを連れて街を歩くと、通行人にぎょっと見られる。この世界の人にとっても、アルフォンスの体は大きいようだ。

「そうだ、ワインを買っていこうか」

アルフォンスを買い戻しても思ったより金貨が余ったので、街に行く前に話していた通り、市場に寄って食料と馬用の飼料を買うことにした。それらをアルフォンスの背に載せたが、びくともしない。

「たのもしいね」

「そうだろう?」

荷物を鞍の後ろにしっかり縛りつけたことを確認してから、ダレンがひらりとアルフォンスに跨がった。

「さあ、サキ」

ダレンが差し出した手を取ってすぐ、馬上にひっぱり上げられる。

「きゃ……っ」

じたばたしながらなんとか鞍の上に収まると、視線の高さがいつもの何倍にもなっていた。

「大丈夫かい?」

「うん、ありがと……やっぱり馬に乗ると地面が遠いね」

ちょっと怖い、と言ったところ、ダレンがしっかり鞍に掴まるように教えてくれる。

「じゃあ、行くよ」

ゆっくりとアルフォンスが足を進めると、街の喧騒（けんそう）が遠ざかっていく。ふたりと荷物を載せて大丈夫だろうかと心配していたが、アルフォンスの足どりは軽い。

「そういえば、昔、アルフォンスを手放すと運命の恋がおとずれるって、占い師に言われたことがあるんだ」

道中、ダレンがぽつりと呟（つぶや）いた内容に、サキはぎょっとした。

「まさか、それで手放したんじゃないよね？」

とんでもない、とダレンが慌てて答える。

「そんなこと、すっかり忘れてたよ。でも……」

「でも？」

肩越しに振り返ると、ダレンが息をのむのがわかった。彼は細い目を見開いてサキを見ている。

次の瞬間、突然胸にぐっと引き寄せられてサキは驚いた。

「ダ、ダレン……？」

「ごめん、いきなり。木の枝が張り出していたから」

「え？」

見ると、歩いている時なら届かないはずだった木の枝が、すぐそこにある。ダレンが引き寄せくれなかったら、頭をぶつけていたところだった。

「あ、ありがとう」

礼を言って顔を見上げると、ダレンはいつもの彼に戻っている。

「さあ、帰ろう」

そして、歩くより何倍も早く、サキたちは砦に帰ることができたのだった。


「ただいま」

砦に戻ると、なぜか槍を手にしたテオが待っていた。

「よう、アルフォンス、元気そうだな」

アルフォンスはテオのことも覚えているようだ。馬には売り飛ばされた事情がわからないからか、鼻を鳴らして彼にも懐いているらしき素振りを見せている。

「テオにお土産があるよ」

馬上からダレンが声をかけると、テオがよろこびの声を上げた。

「さすが気が利くな、ダレンは」

そう言いながら、テオがダレンに槍を差し出す。

「ありがとう、テオ」

ダレンはその槍を地面に突き立て、支えにしてアルフォンスから降りる。サキが、ひとりで降りられるだろうかと少し不安に思っていると、なんとテオが手を差し出してきた。

「な、なに？」

「なにって、ひとりで降りられんのかよ」

ほら、こいよ、と言われるが、テオの胸に飛び込むことになるのは正直ためらわれる。

「いいよ、ひとりで降りられるから」

「どうせ転げ落ちるぞ」

むっとしたものの、飛び降りれば足を痛めるかもしれない高さだ。サキはしぶしぶテオに頼むことにした。膝の悪いダレンには頼めない。

「最初からおとなしく言うことを聞いておけばいいのによ」

鞍から身を乗り出すと、テオが憎まれ口を叩きながらも、慣れた様子でサキのウエストを掴んだ。彼は身長はあるが、それほどがっしりした体つきではない。サキの体重を支えられるか少し不安だったけれど、ひょいと下ろされた。

「なんだよ？」

サキが唖然としていると、テオが眉を寄せる。

「う、ううん。ありがとう……」

サキは内心の動揺を隠し、慌てて礼を言った。男兄弟に囲まれて過ごしているような感覚でいたが、それが少し揺らいだ気がしたのだ。ひとり気まずくなっていると、砦の扉が開き、アスランが顔を出した。

「ダレン、サキ、アルフォンスも帰ってきたな。今日は夕食のあと、話がある」

それだけ言うと、アスランはまた砦の中に入ってしまった。

「じゃあ、早く夕食にしよう」

ダレンがそう言ったところ、テオがアルフォンスを厩に連れて行ってひととおりの世話をすると申し出た。やっぱり、テオは顔に似合わず動物が好きなんだと思いつつ、サキはダレンとキッチンに向かったのだった。


いつも通り夕食が終わると、アスランは広間のテーブルについたまま、団員たちの顔を見回す。

「アルフォンスも戻ったことだし、ここで傭兵団の働きを取り戻す時がきたと思っている」

アスランの言葉に、テオは普段と変わらない顔だが、ラニエルは複雑な表情をしている。

「明日、南の森へ行こうと思う」

アスランとテオ以外の団員たちは顔を見合わせた。東の森では、テオが魔物を狩り尽くして他の傭兵たちに反感を買っていたという話だったが、別の森なら大丈夫なのだろうか？

「ああ、いいぜ」

テオはあらかじめアスランがなにを言い出すかわかっていたのか、あっさり了承した。

「わ、わたしは？　一緒に行ってもいい？」

魔物は倒せないが、サキにも怪我の手当てなど少しでも役に立てることはあるはずだし、みんなが帰ってくるのを一人で待っていたくない。

するとアスランはちょっと考えてからうなずいてくれた。

「そうだな、ここにひとりでおいていくのも心配だしな」

その代わり、後ろでおとなしくしていること、と釘を刺される。

「じゃあ明朝、早くに出発する」

そう言ってアスランは立ち上がり、二階へ行ってしまった。しばらくして、テオも立ち上がる。

「んじゃ、俺ももう寝ることにするぜ」

残りのふたり、ダレンとラニエルがまた顔を見合わせた。

「なんだよ、おまえら。団長の決めたことに不服があるのか？」

テオがそう声をかけると、ずっと黙っていたラニエルが口を開く。

「不服って言うか、南の森でいいのか、と思っているだけです」

「そうだね。よりによってあの森なんて」

ダレンの言葉に、サキは気になっていたことを聞いた。

「ねえ、東の森に行くのを遠慮していた理由はわかったんだけど、南の森にも行けなかった理由があるの？」

それは、と言いかけたダレンをテオが遮る。

「別に大した理由なんてねえよ。わかったら、おまえらもとっとと寝ろ」

テオはそうに言い捨てて二階へ行ってしまった。だが、残されたふたりはどちらも立ち上がらずにいる。

「やっぱりなにかあるんでしょう？」

「まあね……」

サキの追及にも、ダレンの口は重い。だが、サキがじっと待っていると、あきらめた様子で話しはじめた。

「南の森はね、フレイア傭兵団の拠点が近いんだ」

「フレイア傭兵団？」

はじめて聞く名前だったけれど、サキはすぐに思い当たった。

「もしかして、以前みんなが所属していた傭兵団？」

「そうです、いけ好かない奴らばかりの傭兵団ですよ」

突然口を挟んできたラニエルに、サキは少し驚く。彼はどうやら怒っているようだ。

どうして、という顔をダレンに向けると、彼はため息をついた。

「フレイア傭兵団は、団員の数が多い規模の大きな傭兵団なんだ。そうなると、やっぱりいろんな傭兵がいるんだよね。団長は器の大きな人だけど、団長の目の届かないところで好き勝手する奴も多いんだ。うちは小さな団だし、フレイア傭兵団と張り合う気なんてさらさらなくても、向こうはなにかと絡んできてね。嫌がらせめいたこともされて、あんまり折り合いがよくないんだ」

「じゃあ、もっと違うところに行けばいいんじゃないの？」

サキの疑問に、ラニエルが答えた。

「そんな簡単な話じゃないんですよ」

彼の説明によれば、傭兵団はそれぞれ、拠点にしている場所から一日で帰ってこられるくらいのエリアを縄張りにするのだという。よその傭兵団の縄張りを荒らすわけにもいかないし、また、あまり遠出をすると、自分たちの縄張りに魔物の大量発生が予告された際に戻りが間に合わなくなるかもしれないのだとか。

「だから、あんまり遠くの森には行けないんだ」

大量発生の時こそ稼ぎ時だと、ダレンが重ねて言う。

「でも、大量発生がいつ起こるか、そんなにはっきりわかるの？」

「わかるよ。宮廷魔道師が魔法で予知するんだ。魔物に関しての予知は必ず当たる」

ダレンがきっぱりと言い切った内容に、サキは感心した。

「そうなんだ……やっぱり宮廷魔道師ってすごいんだね」

宮廷魔道師ならば、サキを家へと帰してくれるかもしれない。そんな期待で胸が高鳴る。

「フレイア傭兵団の団員とは、あんまり鉢合わせしたくないけど、いまのところ次の大量発生は予知されていないし、俺はアルフォンスと腕試しのために、アスランと南の森へ行くよ」

なにより団長命令だから、と言うダレンに、ラニエルは顔を曇らせている。

「……僕は気が進みません」

ラニエルのめずらしく気弱な様子が、サキは気になったのだった。

「まだ起きてこないのか……」

翌日の早朝、傭兵団の面々は、南の森へ行く準備をすっかり整えていた。テオ以外は。

アスランが何度目かのため息をつき、ダレンはあきらめたように槍を磨いている。ラニエルは、テオが一向に現れないのですっかり居眠りをしていた。

「わたし、起こしてこようか？」

サキがそう言うと、アスランたちは首を横に振って止める。

「いや、テオは起こしても絶対に起きない。目が覚めるまで待つしかないんだ」

どれだけ寝起きが悪いのかと思っていたら、ようやくテオが二階から下りてきた。顔色が悪く、だらしない格好をしていて、どう見てもこれから魔物退治に出かけるという様子ではない。

「……悪い、アスラン。二日酔いで……もうちょっと待っててくれ……」

そう言って、テオはまた二階に行ってしまった。

「昨日、ワインを買ってきたのが失敗だったね」

ダレンが困ったように言う。

「でも、飲み過ぎたのはテオの責任でしょ」

なにしろ、気がついたら三本買ってきたワインのうち二本を飲まれてしまっていたのだから。

サキが呆(あき)れ返っていると、アスランが立ち上がった。

「仕方ない。今日の出撃は中止だ」

「え、そうなの？」

「昼ぐらいに行ったところで、もう魔物はあらかた退治されてしまっている。無駄だ」

「まあ、いまさら行っても無理だよね……」

ダレンもあきらめたようだ。今日の出撃をいちばん楽しみにしていたのは彼だったはずなのに。

「また明日ってとこかな、アスラン」

「そうだな」

アスランも、ダレンの言葉にうなずく。

結局、呆(あき)れたことにテオは夕方まで起きてこなかった。


「よくないと思う」

その日の夕食後、居間でサキは声を上げた。ダレンはなにが？　と顔を向けてくれたが、他の三人はおのおの剣を磨く自分の手元や、読んでいる本に目を落としたままだ。しかも、テオはまたワインを飲んでいる。

「ちょっと、聞いてる？　朝くらいちゃんと起きなきゃよくないと思うんだけど」

今日起きてこなかったのはテオだけだが、いつもはラニエルも朝食のテーブルに着くのが遅い。

「アスラン？」

団長としてなにか言ってほしい、と促(うなが)す。すると、アスランが少し考えて言った。

「そうだな」

アスランのマイペースぶりにサキは肩を落とす。前から薄々感じてはいたが、ダレン以外の三人はあまり協調性がない。お互いに必要以上に干渉しないようにしている素振りもある。共同生活を上手くやっていくため、彼らなりに編(あ)み出した距離感なのかもしれないが……

　しかし、それを受け入れては今日みたいに足並みが揃わないままである。

「できれば、みんなアスランと同じような生活をしたらいいんじゃないかな？」

　サキの提案に、おいおい、とテオが口を挟んだ。

「傭兵にはな、それぞれの戦い方による調子ってもんがあるんだよ。見ればわかるだろ？　アスランと俺じゃ扱う武器が違う」

　もっともらしいことを言っているが、本音はいまの気ままな生活をあらためたくないのだ。

「そうかなあ？　武器が違っても、規則正しい生活とか、どれだけ体を鍛（きた）えるかなんて基本的なことは、みんなやるべきじゃない？」

　なにも言わないが、テオの顔にはやなこった、と書いてあった。ラニエルは、すっかり他人事のように澄ましている。

「最初からアスランと同じくらいやれとは言わないよ。だから、まずはみんな朝ちゃんと起きてみたらどうかな？」

　はじめからハードな練習を課すのは、得策ではない。徐々にできることを増やし、自信をつけていくのだ。

「まあ、たまには気分を変えてみるのもいいだろう。それに、明日こそ南の森へ行くつもりだからな」

　アスランがサキに同調すると、団長の言葉だけあって、誰も異を唱えなかった。

「じゃあ、明日起きてこない人がいたら、わたしが起こすけどいい？」

アスランとダレンはうなずいたが、あとのふたり、テオとラニエルは、やれるものならやってみろ、と言わんばかりの顔をしていた。しかし、サキとしても望むところだ。サキはラグビー部のマネージャーとして、毎年二回行われる合宿で、何人もの部員を叩き起こしてきたのだ。自信はあった。

翌朝、アスランとダレンはいつも通り日の出と共に起きてきたが、思った通りテオとラニエルは姿を見せない。どうやって起こしてやろうかと考えながら、サキはひとまず、アルフォンスの世話をするためにダレンと厩へ行く。すると、そこでテオがぐうぐう寝ていた。

「こんなところで……」

そばにはワインのビンが転がっていて、心なしかアルフォンスが迷惑そうな顔をしている。サキに叩き起こされるのを避けるためここで寝たのか、単に外で飲んでいる時に酔っ払って寝てしまったのか……

魔物を退治しに行くというのに、まるで緊張感がない。

「テオは本当に寝起きが悪くてね。多少のことじゃ起きないと思うけど」

そう言いながらテオを揺り起こそうとしたダレンの手を止め、サキはジャージのポケットからりんごを取り出す。

「ほら、アルフォンス、大好きなりんごだよ」

アルフォンスはすぐに気づいて蹄で地面を掻き出した。これは、欲しいものをねだる時のかわいい仕草だ。ただアルフォンスの場合、あまり焦らすと地面が抉れるので、なるべく早くあげなくてはいけない。サキはりんごをうつぶせで寝ているテオの体の下へさっと入れた。それでもテオは起きない。

「なにを……」

慌てるダレンを止め、サキは言った。

「いいから、見てて」

そして、サキは馬房からアルフォンスを自由にした。賢いアルフォンスは、りんごを食べるために鼻面をテオの体の下に突っ込んだ。

「うおっ！」

どん、と音を立てて、テオの体が勢いよくひっくり返った。

「な……？」

衝撃に目をぱっちり開けたテオは、事態がのみ込めず呆然としている。それは驚くだろう。まるでフライパンの上でひっくり返されたパンケーキのようだった。

相変わらずなにが起こったかわからないでいるテオに、サキはやさしく言った。

「お・は・よ・う、テオ」

それから、美味しそうにりんごを食べるアルフォンスの首を撫でる。

「さ、次はラニエルね」

アルフォンスの世話は、逃げようとしたテオに手伝わせることにして、サキはひとりで砦に戻った。ダレンにはテオの監視をまかせている。

できれば自分で起きていてくれればいいが、居間にラニエルの姿はない。

「ラニエル、朝だよ！　起きて！」

階下から何度呼んでも返事はないので、ついにサキは二階に足を踏み入れることにした。

「ラニエル！」

「まったく、どんな声……」

階段をいきおいよく上りきったところで、突然ラニエルが現れる。サキは彼を避けようとして壁にぶつかってしまった。

「きゃあああっ」

壁だと思ったのは、サキの身長より高く積み上げられた本だった。ぶつかった衝撃で、頭の上から雪崩みたいに本が落ちてくる。

「きゃ……なに……痛っ」

本はどれも分厚く重みがあった。まるでレンガが降ってきているようで、サキは頭を庇ってうずくまるのが精一杯だった。

「ちょっと、サキさん！」

ようやく本が降ってくるのがやんだと思って顔を上げると、ラニエルが立っていた。手には本を何冊も持っている。本の壁がこれ以上崩れるのを止めてくれたらしい。

「なにをやってるんですか、あなたは……」

「だって、こんなところに本が積み上がってるなんて思わなかったから……痛たた」

頭をさすっていると、手を差し出された。

「ありがと……」

その手を取ったサキをラニエルが引っ張り起こそうとしてくれるが、まったく力が入っているように感じない。サキが体を起こすために力を入れると、逆にラニエルが引き寄せられ、倒れ込んでくる。

「うわあああ」

「ちょっと、ラニエ……きゃあっ」

倒れてきたラニエルを抱きとめた拍子に、また頭上から本が崩れ落ちてきた。連鎖的に、周りに積み上がっていた本の山が倒れる音が響く。ようやく音がやんだのでラニエルを庇いながら立ち上がると、辺りは足の踏み場もないほどの本に埋もれていた。

「うわ……すごい本……」

はじめて見る二階の様子は、想像していたより広くない。いまサキたちがいるのは階段を上がってすぐ、一階の広間より少し狭い部屋であり、そこにはハンモックが三つ下がっていた。その先に小さな部屋が見えるが、ほとんど本で埋まっている。二階は本、本、本だ。

「これ……もしかして、ラニエルの本なの？」

他の三人は本を読みそうな感じではないから、すべてラニエルのものなのだろう。

そう思って聞いてみると、ラニエルは気まずそうな顔をして、足元の本を一冊拾い上げる。

「……そうです」

それにしても、この数は度が過ぎている気がした。

とにかく人が通れるようにしなくては、とサキも本を拾い上げる。

「みんな魔法の本なの？　いつも持っている本は一冊だけみたいだけど」

サキが魔法について知っていることは、本が必要ということのみだ。もしかしたら、魔法を使うには、いろいろと勉強しなくてはいけないのかもしれない。

「……ええ、これらは、すべて魔法について書かれたものです」

「へえ、ラニエルは勉強家なんだね」

何気なく言うと、ラニエルが唖然（あぜん）とした顔でサキを見た。その大げさな表情に、サキも驚いてしまう。

「あれ？　なんか変なこと言った、わたし？」

ふいに、ラニエルが笑い出す。

「……そうだ、あなたはなにも知らないんだ」

「な、なにを？」

ラニエルの不穏な様子に嫌な予感を覚え、サキは息をのんだ。

「僕がこの山のような書物からさがしているのは、魔法を使えないようにする方法、ですよ」

思ってもみなかった言葉に、サキは戸惑（とまど）ってしまう。

遠慮がちにラニエルの顔を見つめるが、彼はいつもと同様に平然としている。

「魔法が使えなくなる方法って……ラニエルは魔法を使うのが嫌なの？」

「ええ」

ラニエルは、迷いも感じさせずきっぱりと答えた。

「だったら、やめたらいいんじゃないの……かなあ?」

おそるおそる言ってみたところ、呆(あき)れた顔をされてしまう。

「あなたは本当になにも知らない。そもそもどうやって魔道師が魔法を使うのか、知っていますか?」

サキは首を横に振る。また呆れられるかと思ったが、ラニエルはかすかに笑い、話しはじめた。

「魔法とは、遥(はる)か昔に魔法を編(あ)み出した大魔道師の血を引く末裔(まつえい)にしか使えないものです」

「そうなんだ……じゃあ、わたしがあの本を持っても意味がないってこと?」

あの本を持って練習すれば、魔法が使えるのか、となんとなく思っていたのだが……

「もちろんです。あなたには、『血』が反応しない」

「『血』が反応しない?」

ラニエルがあたりを見回し、本の山の中から一冊取り出した。それは彼がいつも持っている本だ。似たような本に埋(う)もれていたのに、どうしてそこにあることに気づいたのかと不思議に思っていると、無造作にそれを手渡される。

「開いてみてください」

言われた通り本をぱらり、と開いてみた。

書かれている文字は小さく、インクがなんだかどす黒い気がしたが、他におかしなところはない。ただの古い本にしか見えないけれど、これがどうしたというのだろう。

「それは、先祖である魔道師の血で書かれた本なのですよ」

「え！」

思わずわたわたしてしまったものの、なんとか放りださずに済んだ。

「別に魔道師を殺して搾り取った血というわけではありませんから、ご心配なく」

とはいえ、正直あまり気持ちのいいものではない。サキが目を逸らそうとした時、開いている本の上にラニエルが手をかざす。すると、以前見た通り文字がぼんやりと光り出した。

「いまは集中していませんからまばらにしか光りませんが、こちらの強い求めと血の力に応じて必要な文言が光るのです」

その文言を唱えて魔法を発動させていたのは、サキも目にしたことがある。

試しにサキも手をかざしてみたが、まったく光らない。

「じゃあ、ラニエルは血筋のおかげで魔道師をやってるけど、本当はやりたくないってことなの？」

「そうです。僕に魔力が宿ったのは間違いですから」

サキは手にしていた本をラニエルに返した。

「間違いって……」

聞いていいものかどうか迷ったが、ラニエルは大したことではないと言わんばかりに肩をすくめる。

「古の大魔道師の血を継ぐ名家の当主が、妻のいる身で屋敷のメイドに産ませたのが僕なんです」

「え……」

始祖である魔道師はひとりではなく、五人の兄弟だったという。魔道師の家系は五つの名家として続き、いまに至るらしい。

「僕の父は、その五人兄弟の次男の家系で、その妻は末子の血を受け継ぐ名家の令嬢です。彼らの間には息子がふたりいるんですけど、その兄弟はまったく魔力を受け継がなかった。長い魔道師の血筋の中では、たまにあるんです。それほどめずらしいことではないし、誰が悪いわけでもない」

ここまで聞いて、サキは話の先が想像できてしまった。その予想通りの内容を、ラニエルが続ける。

「なのに、名門同士の親からはなんの魔力もない子どもが産まれ、遊びで手を出したメイドからこここ百年で一、二を争う魔力を持った子どもが産まれたなんて、皮肉でしょう？」

ラニエルは手にした本をめくりはじめた。ページの文字がちらほらと光っている。

「当然、僕は歓迎されませんでした、誰からも」

「お、お母さんは？」

父親は立場上、複雑だったかもしれないが、実の母親はラニエルが産まれたことをよろこんだはずだ。

「母は、僕を産んですぐに屋敷を追い出され、それからどうなったかわかりません」

生きているかどうかも、とラニエルが遠い目をしている。

「それで僕も十三歳で屋敷を飛び出して、傭兵(ようへい)になったんです」

「どうして？　どうして家を出たのに、魔道師として傭兵になったの？」

それこそやめればいいのにと、サキは単純に思った。

ぱたん、とラニエルが本を閉じる。

「魔道師には、魔道師がわかるんです、顔を見ただけで。いえ、それだけじゃない、気配でもすぐにわかる。そして僕たち血族は、魔道師として国に尽くすことが義務だとされています。どこへ逃げようとも必ず見つかる。魔法を捨てることなんてできないんです」

どんなに書物を読み漁ろうとも、宿った魔力を消し去る方法は書かれていないのだと、ラニエルは素っ気なく続けた。だが、彼の横顔には悲痛な影が落ちている。

「ラニエル……」

彼の深い絶望にかける言葉など見つからず、サキは立ち尽くしてしまう。

しばらくして、ラニエルが小さくため息をついた。

「気にしないでください。こんなことをあなたに話すなんて、どうかしていました」

ラニエルは気を取り直したのか、いつもの本を小脇に抱える。

「さあ、魔物退治へ行きましょう、気は進みませんけど」


砦を出てコンランの街の南に向かうと、木の生い茂る森が見えた。どうやらこれが目的としている森らしい。まっすぐに伸びる背の高い木の隙間より朝陽が降り注ぎ、青々とした草が美しい。

「なんだか……こんなところに本当に魔物が出るの？　って感じだね」

おとぎ話に登場する森のようで、サキには信じられなかった。

「この森には、大型の魔物がよく出る」

となりを歩いていたアスランの言葉に、サキはぎょっとする。

「大型って、この前の鬼グマくらい？」

以前出くわした鬼グマもかなり大きな部類だと思っていたが、あっさり否定された。

「鬼グマは、あれでも中型の魔物だ」

「あれで？」

鬼グマが立ち上がった姿は人の身長と同じくらいだった。あれで中型ということは、大型になればどれだけの大きさになるのか。あまり想像したくなかった。

みんなでたわいもない話をしながら歩いていたが、ラニエルだけはずっと黙り、少し後ろを離れてついてきている。サキは肩越しに振り返り、そんな彼の様子を何度も確かめていた。

「サキ、足元に気をつけたほうがいいよ」

「う、うん。ありがとう、ダレン」

アルフォンスに乗ったダレンが少し先を行き、道のぬかるんだところを教えてくれる。

「どうだ？」

「うん、まだなにかいる様子じゃないよ」

アスランに言われ、ダレンが遠くに目を凝らす。馬の背にいるだけで、サキたちより森が広く見渡せるのだ。

森の入り口あたりでは、街の人たちがのどかにキノコを採ったり、木の実やハーブをさがしたりしていたが、その姿もそろそろ見えなくなってきていた。

「止まってくれ」

アスランの声に、みんなが足を止める。

地面が盛り上がったところに、幹(みき)が白く葉が紅葉している木があった。まわりの木とは明らかに雰囲気が違い、不気味だ。

「もし森ではぐれたら、この木を目印にして、太陽が中天から西に三つ分移動した頃に一度集まってくれ」

全員が慣れた様子でわかった、とうなずく。

サキは、他にも目印になるものがないか目に焼き付けておこうと周囲を見回した。

「そんなに心配しなくても、この道は森を南に抜けるまで続いているから大丈夫だよ」

ダレンに言われてほっとする。サキは、どちらかといえば、方向音痴なのだ。

「そっか、道から外れなければいいんだね」

「サキはひとりで行動するな。ずっと誰かについていて、絶対に前に出ないことだ」

アスランに言われたので、わかった、としっかりうなずく。守らなければみんなに迷惑がかかる。

「それと、これを渡しておくが、できれば使うな」

アスランが革の鞘(さや)に収まっている、三十センチほどの剣を渡してくれた。

「使うなって……」

身を護るために持たせるのなら、使うなというのはおかしい気がする。そう言うと、アスランはすらりと剣を鞘から抜き出し、サキに見せた。

「剣は、慣れている者でなければ上手く扱うことはできない。それどころか、おまえが怪我をする可能性の方が高い」

アスランが剣の柄をサキに持たせる。

「使わなければ自分の身があぶないという時だけ使え。その時も、振りかぶったり切りつけたりするな。構えたまま体当たりして刺すんだ」

サキは手にした剣を見た。刀身に、自分の不安そうな顔が映る。

「こ、こわいよ、そんな……」

慌てて剣を鞘に収め、アスランの手に戻す。すると、テオが横から言った。

「おい、アスラン。そんなの無理だろ。魔物相手の接近戦なら体当たりはむずかしいぜ。こいつには俺が弓の扱いを教えてあるから、この方がいい」

そう言い切った彼から、ほら、と以前練習に使った弓と矢を渡される。

「弓はある程度距離があって、落ち着いて狙うことができるならいいが……」

アスランの言う通りだ。それに、大ガラスとの戦闘の時、サキは自分に武器でなにかの命を奪うことはできないと思い知っている。

「気持ちはうれしいけど、どっちも無理かも……」

そう言うと、ふたりが渋い顔をした。

「とりあえず持っておけって」

と、テオが念押しをする。

「使わせたりしないから、念のために持っていろ」

アスランにも言われ、これ以上断るのも悪いのでサキはどちらも持っておくことにした。

「行くぞ、この先はいつ魔物が出てもおかしくない」

アルフォンスに乗ったダレンが先に立って、そのあとにアスランたちが続く。

「ラニエル、行こう」

サキが声をかけると、ぼんやりしていたラニエルはため息をついてから歩き出した。


「あ、キノコ」

サキは倒れ朽ちている木に生えるキノコを見つけて、ラニエルを振り返る。

「これって、さっき採ってる人がいたよね？　食べられるのかな？」

ラニエルはちらりとサキが指さす方を見たが、すぐに視線を外して無視した。

「帰りにまだあったら、採って帰ろっと」

独り言のように言ってラニエルの表情をうかがうと、むっとしている。とにかく黙ったままでいる彼の気を紛らわせることができれば、とめげずに話しかけた。

「でも、どうやって料理したら……やっぱり炒めたらいいのかな？」

ねえ、ラニエル？　と同意を求めると、今度は睨まれた。

「なんなんですか、さっきから」

苛立ちをあらわにしたラニエルを、アスランがするどく制する。

「ふたりとも静かにしろ」

なにか言いたげだったが、ラニエルはサキから気まずそうに目を逸らした。

「アスラン」

アルフォンスの足を止め、ダレンが手にしている槍で道の右を指す。

「ここから少し入ったところになにかいる。しかも複数みたいだ」

「よし、行くぞ」

アスランがみんなの顔を見回し、全員で静かにその場所に近づくことにした。いちばん後ろを歩きながら、サキはどきどきと緊張してしまう。やがて、先頭のダレンとアルフォンスが止まり、近くの木の陰にアスランが身を寄せる。

「いたな」

サキもそっとアスランの背後で顔を覗かせたところ、テオに後ろから口を塞がれた。

「……っ！」

驚き、批難の目を向けようとした時に見てしまった。少し開けた場所で……カラフルで巨大な芋虫が何匹も蠢いている。

「んんんんん！」

テオに口を押さえられていなかったら、サキの絶叫があたりに響き渡るところだった。あらかじめ、こうなることを見越されていたのだ。

「静かにしろ、あれは音に敏感なんだよ」

後ろから耳元でテオがささやく。その距離の近さに、ぞわりと肌が粟立ち、また叫びたくなったが、ぐっと我慢して何度もうなずく。それでやっと手が外された。

気を取り直して、サキは再び芋虫の魔物に目をやる。大きさは、アザラシより少し大きいくらいだろうか……むちむちとした体は鮮やかなピンク色だが、かわいくは見えない。体の横に紫色のラインが入り、節のひとつひとつに黒くて丸い目のような模様がある。たくさんある短い足は黄色で、わさわさ動いていた。

「ひや～……なにあれ……」

じっくり見ているうちに、サキは思わず小さく変な声を出してしまう。

「『毒蝶の息子』たちだな」

ひそひそとテオが教えてくれる。

「あの姿の時はデカいだけでそれほど危険じゃねえが、蝶になるとまずい」

蝶へ羽根化すると、そのあたり一帯が毒の霧に包まれる。だから、芋虫の間に退治してしまうということだった。

芋虫たちは、なにをしているのかはわからないが、あたりを警戒していない様子だ。

「……よし、行くか」

アスランがそう言った途端、アルフォンスがいななき、後ろ足で立ち上がった。

「アルフォンス！」

ダレンが慌てて手綱を引いて大人しくさせようとしたが、アルフォンスは魔物を前に興奮しているようだ。そのまま上げた前脚を大きく振り下ろして地響きを起こした。

すると、芋虫たちが一斉に頭をもたげ体を起こす。丸い頭には、不気味な触角が生えている。口元らしき部分には光る牙があった。立ち上がると、恐ろしいことにサキの身長と同じくらいの体長だ。

空気が漏れるのに似た威嚇音が芋虫たちから聞こえたが、それはすぐにアルフォンスのいななきに掻き消される。その声に体を震わせた芋虫たちは、身を翻し、わっと四方に散っていった。鈍重そうな外見からは想像できないくらい素早く、ダイナミックに波打って逃げていく。

「に、逃げちゃった！」

「追うぞ！」

ダレンを乗せたアルフォンスと、アスランがそれぞれ逃げた芋虫を追い、別々の方向に駆け出す。

どっちについて行けばと迷っていると、テオがゆっくり踵を返そうとしているのが目に入った。

「ちょっと、テオ？」

慌てて追いかけてその肩を掴むと、テオが面倒くさそうに言う。

「あんな地面をのたくってるだけのヤツ、俺が矢で撃つまでもねえっての」

彼の肩にかけていたサキの腕がふっと振り払われる。

「俺は別の魔物をさがすからな」

できれば毒蝶の方がいいぜ、と呟き、テオは行ってしまう。

「待って、テオ！」

追いかけようとしてサキははっとした。振り返ると、さっきまでそこにいたラニエルがいない。

「ラ、ラニエル？」

ラニエルをさがし、あたりを見回しているうちに、テオの姿も見えなくなってしまった。

「え……」

当然、アスランたちの姿もとっくに見えなくなっている。

「ど、どうしよう……」

おろおろと立ち尽くすが、このままではひとりになってしまう。いまなら、まだ迷った時の集合場所に戻れるが、そこでひとりみんなが戻ってくるのを待つのもこわい。

「やっぱり誰かを追わないと……」

テオとラニエルは、もうどの方向に行ってしまったかもわからない。アスランとダレンが向かった方向はわかるが、アルフォンスの足には追いつけないだろう。

迷っていてはさらに置いて行かれるばかりだ。サキは、アスランを追うことに決めて走り出す。

しかし、しばらく経って、サキは走りながら自分の選択が間違っていたことを痛感した。アスランなら追いつけるかも、なんてとんでもなかった。かなり走ったが、どこにもアスランの姿はない。

これならダレンを追っていくべきだった。ダレンの方を選んでいれば、アルフォンスの蹄の痕跡をたどってなんとかなったはずだ。

「引き返した方がいいのかな……」

後ろを振り返ってみるが、行くも戻るも変わらない景色に見えてしまい、判断ができない。

「どうしよう」

急に不安になり、足が動かなくなる。大声を出して誰かを呼んでみようかと思った時、なにかが目に入った。よく見ると、大きな樫(かし)の木の下に、自然物とは思えないものがある。迷ったけれど気になって仕方ないので、サキはおそるおそる樫の木に近づいた。

「あれ……これ……」

木の下には、ひっそりと石像があった。魚や山羊(やぎ)が合体したような形をしていて、なんだか変だ。

「なんだろう、魔物なのかな?」

不安で、ついつい独り言を呟(つぶや)いてしまう。

台座には文字が刻まれているが、当然読めない。不思議なことに、話は通じるのに文字は読めないのだ。

「あ、でも、この字……コンランのコじゃないかな」

以前、アスランが読んでくれた道しるべに同じ文字があった気がする。だが、像の形も変だし、道しるべではないようだ。

「困ったな……」

立ち尽くしていたサキの耳が、なにかの音をとらえた。不安に鼓動が速くなる。

アスランたちが戻ってきたのかと耳を澄ましてみたが、なにかが違う。何人かの叫ぶような声が、それほど遠くないところから聞こえてくる、間違いなく人の声だ。旅人や他の傭兵(ようへい)たちかもしれない。

サキは、あたりに気を配りながら声のする方へ歩いて行った。

草むらから顔を出したところ、その少し先に見える木の下でふたりの男がなにやら声を掛け合っている。手には剣を持っていて、身なりからして傭兵(ようへい)に見えた。

なにをしているのか、と思って観察していると、男ふたりに黒い影がものすごい速さで迫った。

「な……っ」

そのスピードと得体の知れない迫力に、サキは思わず息をのむ。

「行ったぞ!」

黒い影のあとから、剣を手にした男が走ってくる。それを合図に男たちが剣で行く手を遮(さえぎ)ると、黒い影は耳障りな鳴き声を上げ、すぐそばの木めがけて跳び上がった。

その姿に驚いて、サキは悲鳴を上げてしまいそうになる。

木の枝に飛び移ったのは、手が四本ある猿の魔物だ。体はそれほど大きくはないが、四つの手と長い尻尾が異様で目立っている。魔物は、飛ぶように器用に木を登っていく。

魔物の姿を目で追っていたサキは、ふいに木の下で弓を構える男に気づいた。魔物もそのことに気づき、枝になっていた拳(こぶし)大ほどの木の実を下へ向かって投げはじめる。

あぶないと思ったが、剣を持った男は弓を構えている仲間を庇(かば)って木の実を弾き返した。次の瞬間、矢が放たれ、見事魔物に命中する。

そのコンビネーションを、サキはただ呆然と見ていた。

魔物を追い立てる男、木へ登らせるために剣で逃げ場をなくす男、そして、動きを止めたところを矢で打ち落とす男。彼らの役割ははっきりと分かれていた。

「すごい……」

単独で向かっていれば、素早い魔物にはやすやすと逃げられてしまうだろう。しかし、ひとりひとりが自分の役目をこなせば、力を合わせて魔物を仕留められるのだ。

サキが見ている中、男たちはお互いの働きを労うように肩を叩き合い、魔物の尻尾を切り取って森の奥へ消えていく。

「あ!」

男たちの姿が見えなくなってから、サキははっとした。森にひとりでいるより、しばらく同道を頼めばよかった。だが、後悔よりも彼らの連携プレイへの興奮が勝っている。

そこで、ふと思った。

先ほどの『毒蝶の息子』の芋虫たちも、あんなにバラバラに追いかけなければよかったのではないか。あれほどのスピードで逃げるとわかっていたのなら、追いかけるのは合理的とは言えない。

他にも気づいたことがある。

アスランたちと比べて、男たちの腕は少し劣って見えた。剣を持っていた男たちは、振り回し方に隙があったし、弓を持っていた男もそうだ。テオなら、もっと早く狙いを定めて矢を放つ。

彼らは、自分たちの腕の未熟さをチームプレイで補い合っていたのかもしれない。

「なかなか考えてるんだ……」

そこで、サキは頭の中でさっきの作戦を、アスランたちに置き換えてみる。

芋虫(いもむし)が見かけによらず速く走ることができるのなら、ダレンがアルフォンスで追い立て、立ちはだかったアスランに驚いて頭をもたげたところで、テオが矢を撃つ。さらにラニエルの魔法があれば、一度に複数の魔物が倒せる。

シミュレーションしてみて、アスランとテオは、自分の腕に自信があるからスタンドプレイに走るのかもしれないと思った。もちろんチームプレイには向き不向きがあるだろうから、アスランたちでも上手くいくとは限らないのだが……

「そうだよね、難しいな……」

つい考え込んでしまったが、ぼんやりしている場合ではない。サキは歩きはじめた。誰も見つからなければ、森の中心を貫(つらぬ)く道をさがし、なんとか待ち合わせの木へ向かうことにして。

しばらく歩いたところ、澄んだ水が流れている小川に出た。

「うん、飲んでも大丈夫みたい」

喉(のど)の渇きを癒(いや)してからあたりを見回すと、対岸に足跡がある。

「もしかして……」

サキはすぐに川を渡り、残っている足跡を確かめた。誰かが川から出る時に、足を踏み外したようだ。川岸の土がえぐれていて、泥の跡が点々と続いている。足跡はひとり分だ。

「誰か傭兵(ようへい)の足跡かも」

サキは、その跡を辿って歩きはじめた。あたりに魔物の気配は感じない。さっきも見かけたが、傭兵たちが魔物を退治して回っているのだろう。

小川から五分ほど歩いて、サキは足を止めた。

「足跡……なくなっちゃったな」

またなにか痕跡がないか目を凝らしていると、どこからか甘いにおいが漂ってくることに気がつく。

「なんだろう……？」

一体なんのにおいか気になった。少しお腹が空いていたので、サキはとりあえずにおいを辿ることにする。

フルーツが熟したような甘いにおいは、次第に強くなっていく。ふいにおとぎ話を思い出した。

「もしかして、お菓子の家があったりして」

そんなのんきなことを考えながら歩いていたら、なにかが見えた。

「え？」

目を凝らすと、草むらの中で誰かが倒れている。

「嘘でしょ……」

まさかアスランたちかと、サキは慌てて駆け寄った。だが、近くまでいったところ、着ているものがアスランたちの誰とも違うと気づいた。倒れているのは一見して傭兵とわかる青年だ。団員の誰でもなかったことに安堵しつつも、倒れている人がいるのならこのまま放ってはおけないと考える。

「あの、大丈夫ですか？」

声をかけてみるけれど、返事はない。

体に触れて揺らしても、何度声をかけても青年は目を開かなかった。

「どうしよう……」

これ以上サキにできることはなさそうだ。誰か人を呼びに行った方がいいかもしれないと思っていると、甘いにおいが強くなっていることに気づいた。しかも、においが強すぎて息が詰まりそうになる。

「な、なに……？」

口を押さえた途端、急にあたりが暗くなった。

「え？」

頭上になにか、陽の光を遮るようなものがいる。サキが天を仰ぐと、そこには大きな羽根を広げた毒々しい色彩の蝶がいた。

「……っ！」

サキが知っている蝶、いや、知っているどんな鳥よりもはるかに大きい。紫色の羽根に、大きな目玉の模様がグロテスクに浮かんでいる。きっと、あの芋虫たちが育つとこうなるのだ。だとすると、これはテオが言っていた毒霧のにおいなのかもしれない。この青年は、毒のせいで気を失って倒れたのだろう。

サキは慌ててジャージの襟(えり)を引っ張り上げ口に当てたが、手が痺(しび)れていることに気づいた。それどころか視界がぼやけてきている。

「う……っ」

早く逃げなくては、とサキは立ち上がった。毒蝶は空中を大きく旋回(せんかい)したあと、近くの木に止まりゆっくりと羽根を閉じたり開いたりしている。積極的に襲(おそ)ってくる様子はないが、このままではまずい。

逃げようとして、サキははっとした。

倒れている青年を置いていったら、彼はどうなるのか。

青年の腕をとり、体をなんとか起こそうする。だが、意識を失っている人間の体は重く、サキの力では抱え起こすどころか引きずっていくこともできそうにない。

「く……っ」

だからといって、見捨ててはいけなかった。

「起きて、お願い！」

サキが頬を叩くと、青年がうっすらと目を開く。だが、焦点が合わず、また目を閉じてしまった。

「どうにかしないと……」

そこでサキは、バッグの中にテオから借りた弓をしまっておいたことを思い出した。魔物の命を奪(うば)うことにためらいはあるが、このままではサキもこの青年も命があぶない。毒蝶の大きさから考えると、倒すまではいかなくても、矢で追い払えるかもしれない。

「く……うぅ……っ」

サキはバッグから出した弓に、震える手で矢をつがえた。練習したことを思い出しながら、毒蝶に狙いを定め、ぎゅっと弦(つる)を引き絞る。

「っ！」

必死に放った矢は、毒蝶にかするどころか、そのずいぶん手前で失速して地に落ちた。腕に力が入らず、十分に引き絞れなかったのだ。しかも、動いたことで毒霧をさらに吸ってしまった。サキはがっくりと膝(ひざ)をつき、そのまま崩れ落ちそうになる。

「なにをしてるんですか！」

突然、腕を掴まれ怒鳴られた。

「……え？」

サキの霞(かす)む視界に、ラニエルの姿がうっすらと浮かぶ。

「ラ……ニエル……？」

どうして、ここに？　とぼんやり考えていると、思い切り腕を引っ張られる。

「早く、立ってください！　その男は放っておいて！」

「そんな……」

だが、いまのサキには逆らう力もなかった。ラニエルに腕を引っ張られるまま立ち上がろうとするものの、体が動かない。

「く……なんて重いんだ……」

女子に重いだなんてひどいんじゃない？　と、こんな時なのに思う。朦朧として正常な判断ができなくなっているサキは、ラニエルに腹を立て、掴まれている腕を振り払おうとした。しかし、サキが振り払う前に、ラニエルの力の方がゆるんだ。

「う……」

ふらついたラニエルが膝をつく。

途切れそうになっていたサキの意識がもう一度はっきりする。彼も毒霧を吸ってしまっているのだ。サキはなんとか腕に力を込め、少しでもラニエルを遠くに押しやろうとした。

「だめ……ラニエル……ま……で……」

こうなったら、ラニエルだけでも逃げてもらわなくてはと思うけれど、もう口も回らない。サキは、ついに地面に倒れてしまった。

意識が途切れる寸前、ラニエルがサキを庇うように覆い被さるのが見えた。

目を開けた時、サキは見知らぬテントの中に寝かされていた。

意識がはっきりしたものの、どこにいるのかわからず混乱していると、声をかけられる。

「気がついたか？」

艶やかな声の聞こえてきた方に目をやれば、驚くほど美しい女性が枕元でサキを見ていた。

「あ……あなたは……」

サキはなんとか体を起こす。少しだるいが、特に具合は悪くない。

女性は凄みのある美人だった。ぎらついていると言っていいほどの艶がある濃い金髪は豪華なウエーブを描いている。美しく繊細な顔立ちだが、引き締まった表情のせいで、きつい印象を受ける。それでも謎めく真っ青な瞳がとても魅力的だった。

「私はフレイア。この傭兵団を率いる長だ」

「傭兵団の……？　女の人なのに、ですか？」

言ってしまってから、失礼だったかと冷や汗が出た。しかし、フレイアという女性は特に気分を害した様子もなく微笑んだ。

「女だてらに、と言うのなら、おまえもなかなかのものだぞ。毒蝶の毒にやられてこんなに早く目を覚ますとは驚いた。ラニエルも私の部下もまだ気づいていない。あの毒から回復するには体力がものを言うからな」

つまり、おまえは並の男より体力があるということだ、と指摘され、サキはなんと言っていいかわからなかった。

「えっと、それであなたが助けてくれたんですか？」

「私がというより、倒れていたおまえたちを我が団の団員たちが連れ帰ってきたのだ」

「ラニエルは無事なんですか？　あの青年も」

特に、倒れていた青年はサキよりも前に襲われていた。かなり毒を吸ってしまっていたはずだ。

「ああ、大丈夫だ。比較的発見が早かったからな。それにあの蝶の毒にはよく効く解毒薬がある」

安堵と共に、毒々しい蝶の姿が脳裏に浮かんできて、サキは頭を振った。毒蝶のことはもう思い出したくない。そしてふと、あることに気づく。

「あれ？　ラニエルはまだ気づいてないんですよね？　なのに、なぜ彼の名前を知ってるんですか？」

そう尋ねると、フレイアが目を細めてかすかに笑う。

「知っているさ。あの者は、元は私の傭兵団の団員だからな」

サキははっとする。

そういえば以前、大きな傭兵団に属していたとダレンたちに聞いたことがあった。それに、いままで忘れていたが、その傭兵団は「フレイア傭兵団」だったはず。

「じゃあ、アスランたちが以前所属していた傭兵団って……」

「この傭兵団だ。アスランのこともよく知っている」

そう答えたフレイアが、華やかに微笑む。

「だから、伝令用の花火を打ち上げて、おまえたちを保護したことをアスランに知らせておいた。この森のどこかにいるのなら、気づいてそろそろこちらへ到着するだろう」

それだけ言って、フレイアが立ち上がった。

「あ、あの、ありがとうございました、助けていただいて……」

サキが礼を述べたところ、踵を返そうとしていたフレイアが足を止める。

「礼を言うのはこちらの方だ。おまえたちは折り重なって倒れていたと聞いている。そのいちばん下にいたのは、我が団の団員だ。おまえこそ、奴を助けようとしてくれていたのだろう？」

「はい、そのつもりでした。でも、助けるはずが……ラニエルにも迷惑をかけてしまって」

「ラニエルへの礼は本人に直接言うんだな。いまは、となりの天幕に寝かせている」

様子を見にいってやるといい、とフレイアは言葉を続けた。

「アスランたちが到着したら、そのまま今夜はこの野営地に泊まっていけ。それが私からの、せめてもの礼だ」

サキがもう一度礼を言うと、フレイアは颯爽とテントを出て行く。

その後ろ姿を見送ったサキは、あちこち体を動かしてみて具合が悪くないか確かめた。よく見ると持ってきていたバッグもそばに置いてあったので、ほっとする。

そして、ラニエルが寝かされているテントに行ってみようと、サキは外へ出てみた。

「わぁ……」

森の開けた場所に、まるでキャンプ場のようにテントが並んでいる。話に聞いた通り、フレイア傭兵団は大所帯らしく、多くの傭兵が忙しそうに立ち働いていた。

食事の用意をしている者、武器の手入れをしている者、荷物を運んだり馬の世話をしたりする者と様々だ。おしゃべりをしている者もいるが、訓練の合間の息抜きに見える。

空いたスペースでは何人もの傭兵たちが向かい合い、木の剣で訓練をしていた。

その活気ある様子に、サキは唖然としてしまう。自分の知っているアスランたちの傭兵団とはあまりにも違っていたからだ。それから既視感を覚え、一体なにと似ているのだろうとしばらく考える。そして、はっとした。

ラグビー部のマネージャーとして、全国トップレベルの学校を訪れた時の経験を思い出したのだ。強豪校の充実した設備や、部員はおろか、マネージャーさえ何人もいた環境は、本当に驚きだった。いま、その際に受けたのと同じ衝撃を受けている。もちろん団の規模が違うというのはよくわかっているが、団員の心構えまで違っていいとは思えない。

ここには、ゴロゴロしている者はひとりもいないのだ。アスランたちもこうした環境に属していたはずなのに、一体どうしてしまったのだろう。

サキは、いいところはすべて吸収したい、と注意深く周囲に目を凝らした。

「……そうだ」

しばらく見ていて気づいた。普段、アスランは森の中でひとり訓練をしていて、砦をほとんど留守にしている。サキにしてみれば、団長という割に単独行動が多く、団員をあまり顧みていない気がしていた。だが、団員たちは誰も剣を使わないし、アスランの訓練の相手はできない。だから、ひとりで訓練を積むしかないのだ。そして、アスランは団長として、絶対に腕を鈍らせるわけにはいかない立場だった。

「みんな……そうだよね……」

誰もがなんらかの事情を抱えている。

サキは、突然わけのわからない世界に放り出され、自分こそいちばん困っている、と思っていた。でも、そうではないと理解しはじめていた。

立ち尽くしたまま、サキは傭兵たちの様子を眺め、それからラニエルのいるテントへ向かう。

「ラニエル……？」

テントの中を覗くと、サキが寝かされていた天幕とはずいぶん違い、簡素な空間だった。ラニエルは古びた絨毯の上に寝かされていて、そのとなりにはひとりの少年が座っている。

「あの、ラニエルの様子を見にきたんだけど……」

サキが不安げに尋ねると、少年がにっこり微笑んで言った。

「大丈夫、容態は落ち着いてますよ」

そっとラニエルの顔を覗き込んだところ、少年の言う通り穏やかな表情で眠っている。

「ありがとう。あとはわたしがついています」

「お願いしますね。彼は、熱が下がったら目を覚ますと思います」

そう言って、少年は水に濡れた布をサキに手渡してテントを出ていった。

「ラニエル……」

そっと額に触れてみると、確かに熱い。サキは少年に渡された布を水が張られた器に浸し、よく絞ってからラニエルの額に載せた。彼は嫌がるみたいに少し首を振ったが、すぐにまた深い眠りについたようだ。サキはほっとして枕元に座り直す。

毒蝶の毒霧にもかまわず、サキを助けようとしてくれたラニエル。なぜ彼がそんな危険をおかしてくれたのか不思議だった。

そのことを、サキはラニエルの顔を見ながらずっと考えていた。

どれくらいの時間が経っただろう。

ラニエルの額の布を水に浸し、また載せるという作業を何度か繰り返していたら、突然テントの入り口に当たる布がばさりと上げられた。

驚いてそちらを見ると、テオがいた。

「おまえ……」

そう呟いたきり言葉をなくしているテオに、サキは首を傾げる。

「どうしたの、テオ？」

「どうしたのじゃねえよ……っ！」

怒鳴るテオに、サキは慌ててくちびるの前に人差し指を立てた。

「ちょっと、ラニエルが起きちゃうって」

テオがはっとしてラニエルを見て口を閉じ、静かにテントに入ってくる。彼はそれから小声で話しはじめた。

「それで、ラニエルはどうした？　おまえはもう平気なのか？」

大丈夫だとうなずき、サキはこれまでの経緯をかい摘んで説明した。聞き終わると、気が抜けたのかテオがどさりと腰を下ろす。

「ったく……」

心配をかけてしまったことを申し訳なく思いつつも、サキはテオの様子に胸の内があたたかくなった。

「それより、アスランたちは？　一緒じゃないの？」

うなだれていたテオが、頭を掻きながら顔を上げる。

「……ああ、アスランとダレンは、あの女と話してる」

「あの女？　フレイア団長のこと？　すっごくキレイな人だよね」

あんなキレイな女の人が傭兵団（ようへいだん）の団長なんて驚いた、と言うとテオが眉を寄せた。

「まあ、あれで一応いまの国王の妹で、王女だからな」

「王女様なの!?」

サキの上げた声に、ラニエルがうなされるように呻（うめ）く。

「声がデカいっての、おまえは」

テオに睨（にら）みつけられてサキは自分の口を押さえる。

「ご、ごめん……」

謝りつつ、内心で納得していた。フレイアの堂々とした態度に、毅然（きぜん）とした立ち居振る舞い。強い眼差しと口調は、王女という生まれならではだと感じたのだ。

「なんだか上品な人だと思った」

「見た目はああだが……中身は猛獣みたいな女だぞ」

テオがうんざりした顔で言う。

「猛獣って……王女様でしょ？　どういうこと？」

「王女は王女でも、普通のおしとやかな王女なわけねえだろう。とんでもねえ女だから、傭兵団（ようへいだん）の団長なんてやってんだ」

テオが面倒くさそうにしてくれた説明を纏めると、こうだった。

フレイアは十年ほど前、国民を魔物から守る役目を王族も担わなければならないと、剣を手に城を出た王女だった。その志に感銘を受けた何人もの騎士が王女のあとを追おうとしたが、フレイアはそれをよしとせず、すべて止めたのだとか。騎士に守られて魔物を退治した気分だけ味わうわけにはいかないと言ったそうだ。そして、生まれながらに持つ求心力で多くの傭兵を従え、新しい傭兵団を旗揚げしたらしい。

それ以来、フレイア傭兵団は多くの功績を上げ続けている。

つまり、フレイアは王女という特別な身分を自ら捨てたということだ。

「おい、なんだよ？」

サキが呆然としていると、テオが訝しげな顔をした。

「ねえ、だったら……」

サキが口を開いた瞬間、テントの外から声がかけられる。テオが返事をしたところ、ダレンが顔を覗かせた。

「サキ、それにラニエル……」

サキを見て、ダレンは胸を撫で下ろしている。力が抜けたのか、サキの前に膝をつくと無事を確かめるようにぎゅっと手を握った。

「……本当に、無事だったんだね、サキ」

「心配かけてごめんなさい。ラニエルもまだ眠ってるけど、無事だから」

それを聞いて、ダレンは眠っているラニエルを心配そうに見た。

「よかった……ふたりとも無事で」

アスランも続いて入ってくるものかと思っていたが、一向にその気配はない。

サキが迷惑をかけたことに、彼は怒っているだろうか。今回の同行を許された時、危険なものには近づかないと約束していたのに……

「ダレン、アスランは？」

そう尋ねると、ラニエルの顔色を見ていたダレンが振り返った。

「まだフレイア団長と話してるよ。俺は、サキとラニエルの顔を早く見たかったから抜け出してきたんだ。そもそも俺もあそこで話を聞く必要はなかったからね」

ダレンが心配して来てくれたのはうれしいが、アスランはフレイアとなんの話をしているのか気になってしまう。

「それより、置いていってしまってごめんね、サキ。アスランも俺も、君はテオと一緒にいると思ってたんだ」

そう言って、ダレンが非難がましくテオを見る。だが、そんなことでテオは怯まなかった。

「なんで俺が、こいつのお守りしなくちゃいけねえんだよ」

「テオ……」

ふて腐れるテオをくどくどと批判しはじめそうになったダレンを、サキは慌てて止める。

「ね、ねえ、ダレン、あの芋虫の魔物はどうなったの？」

「それが……倒したんだけど」

そこで一度言葉を区切り、先を言いにくそうにダレンが頭を掻く。

「興奮したアルフォンスがね、踏ん――」

「わかった、その先は話してくれなくていいから……！」

これ以上は想像したくない。

そのあとダレンは、アスランが追っていた芋虫の魔物もすべて退治できたとおしえてくれた。これで、あの芋虫たちが毒々しい蝶になって毒霧を撒き散らすことはないのだと安心する。

「本当によかった……」

サキが何気なくテオを見ると、不自然に目を逸らされた。

「それで、テオはどうだったの？　他の魔物を見つけたの？」

芋虫の魔物では物足りないと言って別行動をとっていたのだ。森ではぐれたあと、なにをしていたのかとじっと見つめる。

「いや、それがなにも見つからなくてな」

テオはわざとらしい口調で誤魔化そうとするが、サキはすぐ違和感に気づいて言った。

「でも、矢が減ってるよね」

彼ははっとして自分の矢筒を振り返る。砦を出た時、テオの背に準備された筒に矢がぎっしり入っていたのを、サキは確かに見ていた。だが、いまはその矢が半分ほどになっている。

「ということは、もしかして撃ち損じたの？」

そう指摘したところ、テオがあからさまに狼狽えはじめた。

「お、おい……俺が撃ち損じるなんてあると思ってんのか？」

「思ってないよ。でも、だったらどうして矢が減ってるのかなあって」

サキが悪びれずに聞くと、テオは固まってしまった。

「サ、サキ……」

その辺にしておいたら、とダレンにやんわり止められる。サキも、別に意地悪で聞いているわけではない。ただ、テオが以前からなにかを隠している様子なので、気になるだけだ。

「ねえ、どうしてなの？」

テオがいよいよ言葉に詰まった時、またテントの外から声がかけられる。

「サキ、みんなもいるのか？」

テントの入り口にかかっている布がさっと上げられ、アスランが顔を見せた。

「アスラン」

サキがアスランに目を向けた瞬間、テオがほっとした顔をしていたことにサキは気づかなかった。

「アスラン……ごめんなさい、迷惑かけて」

しばらくなにも言わず、アスランはサキを見つめる。その表情はいつもと変わらないが、サキは不安で胸がどきどきした。息が詰まりそうなほどの沈黙が続き、やっとアスランが口を開く。

「……いや、迷惑はかけてない。心配をかけただけだ」

叱責ではなく思いやりのある言葉に、安心しそうになってしまう。

「でも、わたし……」

「連れていくと言った俺に責任がある。サキのせいじゃない」

「そんな……ラニエルを巻き込んでしまったのは、わたしの責任だから」

そう言うと、アスランが眠っているラニエルを見た。

「サキは、フレイア傭兵団の者を助けようとしたんだろう？」

「うん、そうだけど、軽率だったと思ってる。もっとまわりを見ていれば……」

そうすれば、毒蝶の存在に気づけたかもしれないのだ。そもそも、あの甘い香りをもっと不審に思わなければいけなかった。

「まだ新人とはいえ、ここの傭兵団の団員だって気づかなかったんだ、無理もない」

アスランが背負っている剣を手にとり、絨毯の上に腰を下ろした。その横顔が少し疲れて見えて、サキは胸が苦しくなる。

あらためて、アスランはテントに揃った顔ぶれを見回す。

「テオもここにきていたんだな、よかった」

「ああ、ま、まあな」

アスランは、テオが別行動をとっていたことを特に咎めなかった。結局、テオは別行動の間になにをしていたのか聞きそびれてしまったが、いまさら蒸し返せない。

「今夜はフレイアがここで休んでいくよう言ってくれた。あとで食事も届けてくれるそうだ」

そうして、フレイア団長の厚意に甘え、この野営地で一晩を過ごすことになったのだった。

それからしばらく経っても、四人は相変わらず眠り続けるラニエルと同じテントにいた。

「ラニエル、目を覚まさないね」

サキは彼の額に載せていた布をまた水に浸そうと手にとった。となりにいるダレンが手を差し出し、サキの代わりに布を水に浸し絞って渡してくれる。

「でも、ずいぶん穏やかに寝ているし、毒の影響じゃなくて疲れで眠ってるんじゃないかな」

ダレンの言う通り、ラニエルの額に触れてみると熱はすっかり下がっていた。

「だから朝になったら、普通に起きると思うよ」

ラニエルが目覚めたら、なんて言おう。

そんなことを考えながら彼の顔を見ていたところ、ダレンが言った。

「じゃあ、そろそろ休もうか」

先ほど、食事と一緒に毛布が何枚も届けられている。サキも当然、このテントの隅で寝ようと思っていた。

準備をはじめたサキに、アスランが声をかける。

「サキ、フレイアが、今夜は自分の天幕で寝るように言っていたぞ」

「え……そんな、いいのかな」

王女様と一緒のテントなんて気後れして眠れそうにないと思ってすぐ、サキははっとした。

フレイアのテントに行くということは、彼女と話をする機会があるということだ。テオから彼女が傭兵団を率いることになった経緯を聞いて、どうしてもフレイアにたずねたいことができた。

「あの女に気後れする必要なんてないだろ。王女らしさなんて欠片もないからな」

テオの言葉に、サキは決心した。

「うん、お言葉に甘えてくる！」

サキが勢いよく立ち上がると、テオが驚いたように目を丸くする。

「お、おう……」

「ラニエルのこと、頼んでもいいかな？」

彼が目を覚ますまでそばについていたかったが、いまはフレイアと話がしたい。

「ああ、まかせてくれていいよ」

ダレンが快く請け負ってくれたので、さっそくサキはフレイアのテントへ向かった。そして、テントの入り口に声をかける。すると、中から男性の声が返ってきた。

「失礼します……」

入り口をくぐると、やさしい雰囲気の青年がにっこりと迎えてくれた。

「どうぞ、遠慮なさらず」

「あ、ありがとうございます」

促されるまま、ぎくしゃくと奥へ進むサキに、青年がくすりと笑う。

「今夜はこちらでゆっくりお休みください」

テントの隅にカーテンのような仕切りが用意され、そこに毛布とクッションが置かれていた。だが、フレイアの姿はない。

「あの、フレイア団長は……」

「団長になにかご用ですか？」

青年が、自分はフレイア団長の世話係で、彼女になにか用があるのなら、まず自分が受け付けることになっていると説明してくれた。

「えーっと、あの、ちょっとお聞きしたいことがあって」

「なんでしょう？」

青年はにこにことサキを見ているが、内容が内容なので言い出しにくい。

「できれば、直接ご本人にお聞きしたくて……」

すると、青年はなるほど、とうなずいた。

「団長はしばらく戻られないと思いますが、それでもよろしいですか？」

「大丈夫です。待ってます」

こんな機会はもうないだろう。サキはなんとしてもフレイアに話を聞くつもりだった。

そうして、どれくらい待っていたものか。

座ったままがくりと頭を揺らしたサキは、はっと居眠りから覚めた。入り口の方を見ると、夜のひんやりした空気を纏ってフレイアがテントに戻ってきたところだった。

「なんだ、まだ休んでいなかったのか？」

フレイアが呆れたようにサキを見る。慌てて寝ぼけ眼を擦り、サキは居住まいを正す。

「体の具合はどうだ？　なにかいつもと違うところがあれば遠慮なく言うといい」

「大丈夫です。ありがとうございます」

フレイアはサキにそんな言葉をかけながら、身につけているマントや剣などをさっさと外していく。

世話係の青年はいつの間にか姿を消していて、フレイアとふたりきりということに、サキはあらためて緊張してきた。なるべく邪魔はしたくないので話しかけるタイミングをじっとうかがっていると、ふいに彼女が振り返る。

「なんだ？　私になにか用でもあるのか？」

単刀直入に聞かれ、サキは思わず狼狽えてしまったが、ここまできて黙っているわけにはいかない。

「あ、あの……お疲れのところすみません。ぜひ、お聞きしたいことがあって……」

どきどきしながら返事を待っていると、フレイアは気さくに微笑んで了承してくれた。

少し待て、と言ったフレイアがくつろいだ格好になり、サキの正面のクッションに腰を下ろす。

「それで、私に話とはなんだ？」

いざとなると頭が真っ白になりそうだった。

目の前にいるフレイアは、サキがなんとしても会いたいと思っている国王の妹だ。城で生まれ育っているのだから、宮廷魔道師とはもちろん面識があるはず。それに、王女という身でありながら、自ら傭兵を指揮し魔物から国民を守る人柄……彼女なら、心を尽くして頼めば宮廷魔道師を紹介してくれるかもしれない。または、国王にサキのことを進言してくれる可能性がある。だけど……

「あの……」

意を決して、サキは口を開いた。

「フレイア様は、ラニエルのこと、ご存じなんですよね？」

元の世界に帰る方法は気になる。だけど、それ以上にラニエルのことが気がかりだ。サキのことはアスランたち皆が助けてくれるのだから、フレイアに無理に頼むことはない。

「ああ、もちろんだ。私は自分の傭兵団に属する者はどんな新参者でも知っている。かつて所属していた者も然り、だ」

フレイア傭兵団は、常に百人以上の傭兵がいる、とテオが言っていた。その全員を把握しているとは、やはり器の大きさを感じさせる。

「だったら、ラニエルの抱えている事情もご存じですか？」

「大体のことはな」

それがどうした？　と促され、サキは話を続けた。

「ラニエルは、魔道師をやめたがっています。でも魔道師の家系に生まれたから、やめることはできないって。それって、かわいそうじゃないですか？　フレイア様も、王女としてお生まれになったのに違う道をご自分で選ばれたんですよね？　きっと周りからはとんでもないことだって反対されたと思うんです。だけど、その思いを貫かれた。王女様にできて魔道師にはできないって……なんかおかしいなって」

しばらく、テントの中が静まりかえる。

「なるほど……言いたいことはおおよそわかった。確かに私とラニエルの境遇は似ている。その家に生まれただけで生き方が決められてしまうのだからな。ただ、少し違うのは、私には代わりがいて、ラニエルには代わりがいないということだ。私には、八人の姉妹がいる。政略結婚をさせるには十分な人数だ。すでに何人もの姉妹が他国に嫁ぎ立派に役目を果たしている。おかげで私ひとりが王女の道を外れたとて国は困らぬ」

フレイアの言葉に、サキは愕然とした。その間も、フレイアの言葉は続く。

「魔道師は国によって血筋に縛り付けられる人生を強いられているように思うかもしれぬ。もちろん、哀れだと思うそなたの気持ちもわからぬではない。ラニエルの生まれは、運命のいたずらとでも言うべき皮肉な話だ。だが、そんな者はこの世に掃いて捨てるほどいる。たとえばラニエルのように傭兵として生きる魔道師とかな」

「ラニエル以外にも……ですか？」

そういえば、そもそもサキがこの世界に迷い込んだのは、魔法がぶつかって爆発したからだとラニエルは言っていた。つまり、彼以外にもあの場で魔法を使った者がいたということだ。

「そうだ。大魔道師の血を受け継ぎながらも、血族とは認められぬ者もいる」

サキは、おかしな話だと思った。魔道師が減っているのなら、どんな生まれでも歓迎すべきだろう。

　彼女の疑問を感じ取ったのか、フレイアは仕方がないと言わんばかりに笑った。

「この世には、自分の子が魔道師の血を引いていると知らずに産む女もいる。もしくは、魔道師の血族に生まれた女が、夫以外の男の子を宿す場合もある」

　そうやって生まれた子は、不義の結果の子ならば放逐され、大魔道師の血筋とは認められないそうだ。

「じゃあ、その子たちは魔道師にならなくていいのですか？」

　いや、とフレイアは首を横に振った。

「どんな境遇であれ、そういった者たちは、いずれ己が身に流れている血を知ることになる。魔力の強い者は正規兵としてとりたてられ、そうでない者は傭兵となるしか道はない。もちろん由緒ある家の生まれでも、私のように傭兵として魔物を倒す道を選ぶ者もいる。魔物に深く関わる傭兵を蔑む輩もいるが、傭兵が魔物を倒さなければ人々は安心して暮らせぬ」

　そう言ったフレイアは、手元にある金のグラスに自分でワインを注いだ。

「ラニエルの異母兄弟たちも、宮廷魔道師の下に文官として仕えている。本来ならば彼らこそ宮廷魔道師として国に仕える身であったにもかかわらずだ。ラニエルだけが辛酸を舐めているわけではない」

　ラニエルの希望を叶えることはできそうにない。期待が外れ、サキはがっくりと肩を落とす。するとフレイアにワインをすすめられたので、慌てて断った。

「……ラニエルを魔道師から解放したいとはな。アスランの言う通り変わった娘だ」

「え、アスランが……？」

その呟(つぶや)きを聞いて、彼がサキについてフレイアになんと話したのか気になった。

「アスランの話ではなにか困っているということだったが、いまのラニエルの件ではないのであろう？」

「はい。でも、それは……アスランが力になってくれるって約束してくれていますから」

はじめは、フレイアに助けてもらえるかと期待してしまったのも事実だ。だが、サキはアスランを信じている。自分を家に帰してくれるのは、アスランだ。

しばらくなにも言わず、フレイアはサキを見つめていた。

「あれが約束したと？」

「は、はい」

フレイアの雰囲気が少し変わった気がして、サキは息をのんだ。

「アスランは、女と約束などしない男だ」

「え？」

聞き返したものの、フレイアはいや、と言葉を濁(にご)しクッションに座り直した。

「とにかく、どうあがいてもラニエルは魔道師として生きていかねばならぬ。早くそれを受け入れることが、あの者のためだ」

話は終わりだとばかりに、フレイアはもう休むようにサキに言った。サキは、それに従うしかない。

仕切りの向こうで毛布にくるまると、森からなにかの鳴き声がかすかに聞こえた。

朝、サキが目を覚ました時、テントの中にフレイアの姿はなかった。

毒が抜けたばかりでやはり疲れていたのか、いつ眠ってしまったかも覚えてない。サキはもそもそと起き出して、とりあえずテントの外に出た。アスランたちのテントを訪ねる前に、せめて顔でも洗えないかと思っていると、木立(こだち)の向こうからラニエルが歩いてくる。

「ラニエル……」

彼の顔色はよくなっているし、具合が悪そうではない。サキに気づいても、ラニエルは特に反応せずに歩き続ける。

「おはよう。えーっと、どこへ行ってたの？」

サキが尋ねたところ、ラニエルはしばらく黙っていたが、やがていつものように素っ気なく言った。

「すぐそばに小川があるので、顔を洗ってきただけです」

「小川があるんだ。わたしも顔を洗ってこようかなあ」

そう言う間もじろじろと見られて、サキは不安になる。

「顔だけじゃなく、頭から水を被った方がいいかもしれませんよ。髪がボサボサですから」

サキははっと頭に手をやった。この世界に来てからというもの、鏡を見る習慣というものがまったくなってしまっていたため、気づかなかった。なにせ砦に鏡はなく、唯一使える鏡はバッグの中に入っていたコンパクトミラーだけだからだ。

慌てて髪を手ぐしでなんとかしようとしていると、テントからテオが顔を出した。

「おう、おまえも起きたのか。体の調子はどうだ？」

テオに気遣われ、どきりとする。

「う、うん、もう大丈夫。ありがと」

戸惑いつつ答えたところ、テオがほっとしたように見えた。まさか、と思っている間に、アスランが体を伸ばしながらテントを出てくる。

「おはよう、アスラン。ダレンは？」

サキの挨拶に答えたアスラン曰く、ダレンはアルフォンスの世話をするため、少し前に起きてテントを出たらしい。準備ができしだい、アルフォンスを連れて戻ってくるということだった。

「ダレンが戻ってきたら、さっさと帰るぞ」

そうテオが言うので、サキは驚いてしまう。

「え、もう？」

「これ以上用なんてねえだろ」

テオは、こんなところからは少しでも早く立ち去りたいと言わんばかりの態度だ。

「じゃあ、わたし、フレイア様に挨拶してくる」

みんなで行こう、とサキが提案すると、さっそくテオが逃げ出そうとした。

「ちょっと、テオ……」

「俺は別に世話になりたくてなったんじゃねえんだぞ」

サキはテオが逃げ出す前に彼の腕を掴み、フレイアをさがしに行こうとする。すると、金の髪を輝かせてフレイアが歩いてきた。

「アスラン」

こちらへずかずかと近づいてくるフレイアの顔は、なぜか緊迫（きんぱく）している。

「どうした？」

ただならぬ雰囲気に、アスランも眉を寄せてフレイアを見た。

「いま、城から予知の報（しら）せがきた」

サキにつかまってじたばたしていたテオも、もがくのをやめて息をのんでいる。城からの予知というと、魔物の大量発生を意味しているはずだ。

「いつだ？」

「いまから三ヶ月後」

三ヶ月……とラニエルとテオが呆然と呟（つぶや）く。

「三ヶ月か……」

アスランも、考え込むように黙ってしまった。三ヶ月後という期日がなぜそんなに皆を驚かせるのか、サキにはわからない。

「ねぇ……三ヶ月後ってどういうこと？」

フレイアの手前、大っぴらに聞くのもためらわれ、サキはラニエルにそっと尋ねてみる。いつもの迷惑そうな顔をされるかと思いきや、彼は呆然としながらも教えてくれた。

「通常、大量発生が予知される日は、三日後とか、せいぜい十日後くらいで……先であればあるほど、強力な魔物が大量に発生するのです」

ラニエルの声は、動揺に掠れている。慌ててテオの顔を見ると、彼も深刻な表情を浮かべていた。

「しかも、大量発生するのは『キメラ』だ」

フレイアの声に、誰もが緊張したのがわかった。ただひとり、サキだけがきょとんとしている。

「キメラ……」

アスランでさえいつもの無表情とは違い、険しい顔だ。それだけで、サキは不安を感じた。

「キメラなんて話にしか聞いたことがないな。本当なのか？」

アスランの問いに、間違いない、とフレイアがうなずく。

「キメラって……」

なに？　とこっそりラニエルに聞く前に、フレイアがサキを見た。

「キメラとは、いくつもの生物の要素を合わせ持つ魔物だ。頭は獅子、体は山羊といったようになとてもめずらしい魔物で、ここ最近目撃された話はほとんどない。大昔の記録に何度か登場するくらいで、前に大量発生したのは二百年ほどの昔だ」

そこでフレイアは言葉を切った。彼女は厳しい顔をして、なにか考え込んでから続ける。

「時の王であり、私の先祖でもあるエスコーネル王の時代、この森でキメラが大量発生したという言い伝えが残っているが、確かなことはよくわからない。ただ、傭兵たちだけではキメラを倒すことができなかったそうだ。その結果、キメラの大群は街まで溢れ出し、大きな被害が出た」

その時の大量発生について石碑を遺したものがこの森にあると言うフレイアに、サキははっとした。

「それ見ました、昨日、森の中で。なんか変な動物の像だなあって思ったんです」

あの石碑の像はいくつもの動物のパーツを寄せ集めた形をしていたはずだ。確か、上半身は大きな角のある山羊で、下半身は魚だった。

「そうだ、それがエスコーネルの災厄の石碑だ」

「じゃあ、やっぱり……」

台座に刻まれていた文字のひとつは、『エスコーネル』の『コ』だったのだ。

そう呟いていると、なぜかラニエルが呆れた顔をしてサキを見ていた。

「こうしてはいられない。対策を講じなければ、また二百年前の災いの繰り返しとなる」

フレイアは、真剣な表情でそう言う。

以前、魔物の大量発生は稼ぎ時なのだと聞かされていたが、今度ばかりは誰もそんなことは考えられないのだろう。なにしろ、まず倒せるかどうかが疑問となっているのだ。

「キメラについてわかっていることは？」

黙り込んでしまった皆の中から、アスランが尋ねた。

「さっきも言ったが、キメラについてほとんど記録は残っていない。どんな姿だったか、というのは何種類か書き記されているがな」

「いくつも種類がいるのか？」

そうらしい、とフレイアは硬い表情でうなずいている。

「いくつも種類がいるのなら、急所もひとつに定まらず、当時は苦戦したんじゃないか」

アスランの考えに、フレイアが同意を示す。

「あり得るな」

彼らの話を少し離れたところから聞いていたラニエルが、ふいに口を開いた。

「……キメラについて書かれている本が、あったはずです」

「え？　あ、あの本の山の中に？」

サキは、思わず大きな声を出してしまう。確かに、ラニエルの蔵書は古そうな本ばかりだった。

二百年前のものがあっても不思議ではない。

「本当か、ラニエル」

「はい、内容はよく覚えていませんけど、エスコーネルの災厄を逃げ延びた傭兵の話を書き取ったものだったと思います」

逃げ延びた傭兵を助けた農夫の証言を、その地の領主がめずらしい話として纏めた書物だという。

「キメラについて、どれほどくわしいことが書かれているかはわかりませんが……」

食い入るように話を聞いていたフレイアがうなずいた。

「なるほど。だが、いまはどんな些細な記録でも手がかりが欲しい。ラニエル、その本はどこにあかあの砦か？」

「そうです」

「すまぬが、いますぐその本を見せて欲しい。取りに戻ってくれぬか？」

自分から言い出したはずなのに、ラニエルはすぐに返事をしない。そんな彼の反応を見て、フレイアはすぐに誰かを取りに行かせよう、と言い出した。だが、テオが待ったをかける。

「おいおい、ちょっと待てよ。まだずいぶん先の話じゃねえか。そう急かさねえでも近いうちに誰か取りにこさせればいいだろう？」

フレイアがゆっくりとテオに視線を向ける。

「三ヶ月などあっという間だぞ。万全の体制で臨まねば、また多くの命が失われることになる」

ふたりが睨み合う緊迫した雰囲気の中、ふいにのんきな声が聞こえてきた。

「お待たせ。遅くなってごめん。鞍のベルトが傷んでたから、ちょっと修繕してもらってたんだ」

ダレンが、にこにことアルフォンスの手綱を引いてやって来る。

「あれ？」

どうかした？　と彼はみんなの顔を見回す。

「ちょうどよかった。ダレン、アルフォンスを借りられるか？　いまから本を取りに砦に戻る」

アスランの問いに、事情を知らないダレンはひとり首を傾げている。

「え？　どうしたんだい？　これからみんなで砦に戻るんだろう？」

「事情が変わった」

話はテオたちから聞いてくれと言いながら、アスランがアルフォンスの手綱を手にする。その時、黙っていたラニエルが進み出た。

「待ってください。アスランが行っても、どの本かわからないと思います」

彼はそこで一度言葉を区切ったものの、だから、と続ける。

「僕が行きます」

驚いているアスランの手から、ラニエルが手綱を取った。そのまま颯爽と鞍に跨がろうとしたラニエルだが、彼の身長では鐙に足が届かない。わたわたしているラニエルを、テオが鞍に押し上げた。アルフォンスの巨体の上に乗っているラニエルは、ますます小さく見えて心配になってしまう。

「わ、わたしも行く！」

サキは有無を言わさず、屈んでいたテオの膝を踏み台にしてアルフォンスの鞍によじ上った。

「うおっ、お、おいっ」

不意をつかれたテオはバランスを崩して倒れ、鞍の上のラニエルは驚いて硬直している。

「な、なにを……っ」

「あんな本の山からたった一冊をさがし出すなんて、ひとりだと時間がかかるじゃない。一刻も早く戻ってくるためにも、ふたりいた方がいいでしょ」

それに、いくら大柄なアルフォンスとはいえ、男ふたりで乗れば重すぎる。サキが適任だ。

「サキ、気をつけろよ」

止められるかと思ったが、アスランは心配そうに見上げてそう言うだけだった。

「うん、今度こそ気をつける。それに、ふたりに借りた武器も持ってるから」

サキは、アスランの短剣とテオの弓矢を、しっかり身につけていた。

顔を前に向け、サキは行こう、とラニエルの腰にぎゅっと腕を回す。

「うわあっ！」

驚いたラニエルに腹を蹴られたアルフォンスが、前脚を上げて勇ましくいななき、勢いよく走り出した。あまりにも勢いがよすぎて、ラニエルは乗っているだけで精一杯になっている。

「ラニエル、手綱、手綱！」

サキは、ラニエルが掴んでいる手綱を一緒に握った。それで我に返ったのか、ラニエルが叫ぶ。

「まったく、なんでふたりで乗らないといけないんですかっ!?」

「え？　だって、馬はアルフォンスしかいないし」

「フレイア団長に借りればよかったんですよ！」

「あ、そっか」

フレイア傭兵団には、確かに馬がたくさん繋がれていた。

「でも、ひとりで馬に乗る自信ない」

だったらついてくるなんて言わないでください！　とまた叫ばれてしまう。

「そもそも文字だって読めないんでしょう！」

「教えてくれれば見分けはつくから大丈夫だってば！」

そんな言い争いをしていてろくに手綱をとらなくとも、賢いアルフォンスはまっすぐ森を抜け、砦へ向かってくれた。

アルフォンスが走り続けてくれたおかげで、ふたりはまだ午前の光が差している内に砦に辿り着くことができた。

「わたしはアルフォンスに水を飲ませてくるから、ラニエルは先に本をさがしていて」

「わかりました」

乗った時とは違い、ラニエルは身軽にアルフォンスから飛び降り、そのまま砦へ走って行く。

休まず駆けたことを労いながら、サキはアルフォンスを井戸へ連れて行った。水をたっぷりと飲ませ、布を持ってきて丁寧に汗を拭く。

「よしよし、よくがんばってくれたね。本当にいい子だね、アルフォンスは」

アルフォンスは褒められるのが大好きなことを、ダレンと一緒に世話をしていたサキは心得ていた。おかげで、ずいぶん走った割には機嫌がよさそうだ。満足するまで水を飲んだアルフォンスを、今度は厩まで連れて行って飼い葉を与え、しばらく食べるのを見守り、サキも砦の二階へ急ぐ。

「見つかった？」

本の山の向こうから、ラニエルの声だけが聞こえてくる。

「まだです。あの時、崩れ落ちてこなければもっと早く見つかったと思いますけど」

「ご、ごめん」

謝りつつ、サキはあたりを見回した。

「そうそう、本の題名を教えてくれる？　読めないけど、同じ形の文字を探すよ」

すると、本の向こうからラニエルが顔を出す。

「なにか書くものを」

ちょっと待ってて、とサキは肩に掛けてあったバッグからノートとペンを取り出した。いちばん後ろのページを開いてラニエルに差し出す。

「なんですか、これ？」

「ボールペンだよ」

ノートは紙が束ねてあるだけなので、それほどこちらのものと変わらないが、ボールペンは奇異に映るのだろう。ラニエルはしげしげと手に取ったまま眺めている。

「ここに書いてくれるかな？」

サキがそう言ってページを示すと、ラニエルはそっとなぞるようにボールペンを紙にすべらせた。

「……書けませんけど？」

「もうちょっと力を込めて書いてみて」

言われた通りに、ラニエルが再びボールペンを走らせる。久しぶりに使ったせいか、最初はかすれていたが、やがてきれいな線が現れた。

「なるほど……血ではないようですね」

「そんなわけないでしょ」

コツを掴んだラニエルがさらさらと文字を書いていく。

「黒い背表紙に、『ラヴェン地方の異話集』と銀糸で書かれています」

「わかった」

まずは黒い本に銀色の文字が書かれているものをさがそう、とサキは手当たり次第に本を集めていった。

「えーっと、これも、これも……っと」

あやしげな銀の文字と黒い背表紙の取り合わせの本はとにかく多く、引き抜いたものを重ねると、あっという間に何冊も積み上がってしまう。最初の文字を覚えて、当てはまる本をさらにピックアップしていくが、それでもまだ多い。

「げほ……っ」

埃が舞い、くしゃみを何度もしていると、ラニエルに声をかけられた。

「少し休憩したらどうです?」

「ラニエルは?」

サキはポケットからハンカチを取り出して、マスクとして口元を覆った。

「僕は平気ですから」

「だったら、わたしも休まないよ」

サキは自分の腰を拳で叩き、また本をさがそうとしゃがみ込んだ。

「ん?」

床に積み重なっている本のいちばん下に、黒くて古い本がある。その背表紙の文字は薄汚れて読めなくなりかけているが、よく目を凝らすとタイトルが一致するように見えた。

「こ、これ、ラニエル、あったかも！」

「本当ですか」

サキは急いで本を引き抜いた。ずっと部屋の隅の、しかもいちばん下に置かれていたからか、本はかなり傷んでいて、表紙もすり切れている。

「これだよね？」

サキが本を手渡すと、ラニエルは指でタイトルをなぞりうなずいた。

「『ラヴェン地方の異話集』、そうです、これです」

よかった、とほっとしたサキだが、この本を見つけることが真の目的ではないことを思い出す。

「なんて書いてあるのかな」

そう声をかけたところ、表紙を見つめていたラニエルが顔を上げる。

「とりあえず、読んでみない？」

ラニエルがうなずき、慎重に本をめくった。

一ページ目には飾り文字でタイトルが記されていて、下にひび割れた不気味な仮面が描かれている。そのページを見つめながら、ラニエルが口を開いた。

「この本を編纂したのは、題名にある通りラヴェンという、コンランの街よりもう少し東にある地方の変わり者の領主です。彼は、巷の噂話や古い言い伝えを聞き集めては書物にして残しています。僕がこれを手に入れたのは、悪魔と取り引きをした魔道師の話が載っていると言われていたからですが、知りたいことは書いてありませんでした」

ラニエルが知りたかったこととは、どうすれば魔道師の力を捨てられるか、だろう。

「この本に書かれているのは、当事者の証言ではなく、ほとんどが農夫や老人からの又聞きの話なのです。だから、エスコーネルの災厄の記録として表に出ず、埋もれていたのでしょう」

そこまで言って、ラニエルはやっとページをめくった。次のページはどうやら目次らしく、見出しの短い文と数字がずらりと並んでいる。

「ええっと……確か……醜い雌鳥の声を持つ女の話……じゃなくて……あった、顔に鉤裂き傷がある男のうわごと、これです」

さらにページをめくり、ラニエルが本にじっと目を落とす。

「ちょっと、ラニエル」

「なんですか?」

邪魔するなと言わんばかりの、険悪な声が返ってくる。

「よかったら、声に出して読んでくれるとうれしいんだけど」

あからさまに面倒くさいと表情に出すラニエルに、サキは重ねて頼んだ。

「仕方ないですね……」

ふう、とラニエルが小さく息を吐き出し、本を読み上げはじめた。

「……ある日、農夫が村のはずれにある川のほとりで倒れている男を見つけたという。男は全身にひどい切り傷と火傷を負っていて、いまにも死出の旅へ出てしまいそうであった。おそらく、川の上流から流されてきたのだろう。ここより遠い土地で起こった異変を感じながらも、善良な農夫は男を家へ運び、妻の手を借りて手当てをした。男の傷は、体だけではなく顔にまであった。大きな鉤爪で引き裂かれたような恐ろしい傷だ……。手当てはしたものの、男は意識を朦朧とさせたまま、うわごとを繰り返すばかりだった。痛い……助けてくれ……大角の山羊が……猿が……猪が……。そして、時折上がる悲鳴。一体、どんな恐ろしい目にあったのか。夫婦は顔を見合わせるしかなかった。のどかな村に噂が届いたのは、男を助けてしばらく経ってからのことである。川の上流にある森に、やっかいな魔物が大量に湧き出し、近くの街まで大きな被害が及んだそうだと」

　そこで一度区切って深呼吸をしたラニエルが、また朗読を再開する。

「男の傷はその魔物にやられたのだ、と農夫は思った。村は魔物による惨状の噂で持ちきりになり、住人たちは事情を知るはずの怪我をした男が意識を取り戻すのを、いまかいまかと待つようになっていた。何日かして、男が目を覚ましたので農夫がなにがあったのか話を聞いた。男は最初、錯乱していて、話は支離滅裂だったが、根気よく質問をくり返すうちに、断片的ながら話が見えてきた。やはり男は魔物を退治することを生業としている傭兵で、全身の傷は魔物にやられたこと、その魔物はおぞましい姿をしていたことを話した。猪の背に生えた猿の顔から火炎が吐き出され、蝙蝠の羽根で飛び回る大とかげが次々と傭兵たちを鉤爪で切り裂いていく。狼の体に鷲の頭、熊の巨体に牡鹿の頭、ひとつとして同じ姿の魔物はおらず、何度切りつけても蘇り、倒すことはできない。悪夢に蝕まれるようにうわごとを繰り返していた男は、やがて衰弱し息をひきとったのだった……」

　ぱたりとラニエルが本を閉じた。その表情は硬く、顔色も青ざめて見える。

「……これ」

ラニエルが顔を上げ、ふたりはしばらく無言で顔を見合わせた。

「何度切りつけても倒すことはできないって……」

倒す方法は、ないということなのか。

「思っていたよりキメラについて書かれていましたね……ただ、どんなに切りつけても倒せない魔物の話は聞いたことがない」

ラニエルの声は暗いが、懐疑的な響きもあった。そんな彼に、サキは気になったことを尋ねてみる。

「ねえ、思ったんだけど、大量発生で倒せなかった魔物ってどうなるの？」

ラニエルは黙り込んだまま、本の隙間を縫って床の上に腰を下ろした。サキもその向かいになんとかスペースを見つけて座り込む。

「傭兵たちが討ち漏らすということは、大量発生した魔物がばらばらに散ってしまうということです。ほんの数匹ずつになってしまえば、凶暴化はおさまります。そうなれば、魔物も森をさまよっているところを後日、別の傭兵によって倒されるか、そのまま消えてしまうか……。魔物たちは海を目指していると言われていますが、くわしいことはよくわかっていません」

「魔物って、よくわからないことばっかりなんだよね、確か」

「そうです」

どこから来て、どこにいくのか、また出現の理由もわかっていないのだとか。

「でも、だったらどこかに行っちゃうまで、みんなで家の中から出ないで隠れてるってどうかな？」

さっきの話から考えるに、二百年前はきっとキメラを倒そうとしたのだろう。だが、倒す方法は見つからずに消えるのを待つしかなかったようだし、最初から隠れた方が賢明なのではと思ったのだ。

ラニエルが首を横に振った。

「……火炎を吐く、とあるので、それも安全とは言えないと思いますね。家が燃えれば隠れていることもできませんし、過去に災厄とまでされた魔物の被害予知があれば国も動くでしょう。そうなれば傭兵たちの指揮を任されるのは、あのフレイア団長です。彼女がそんな消極的な策をとるはずがない」

その言葉に、サキはテオがフレイア団長を評して猛獣と言っていたことを思い出す。

「だったら……」

次の案をサキが話し出す前に、ラニエルが立ち上がった。

「ここで僕たちがふたりで話し合っても仕方がありません。まず、この本をさっさとフレイア団長に渡してしまいましょう」

サキも、気分のせいかどこか重い腰を上げる。

「そうだね、アルフォンスも少しは休憩できただろうし……」

窓から差し込む日差しは午後のものに変わっていた。いまから戻れば日暮れ前にフレイア傭兵団の野営地へ戻れるだろう。

ラニエルと一緒に階段を下り、サキは広間からキッチンへ抜け、そこから外に出ようとした。

キッチンからの出口の方が、アルフォンスのいる厩に近いためだ。

その途中、キッチンに入る前にサキは足を止めた。

「そうだ。一応、テオの矢も持っていってあげよう」

ラニエルもついてきたので、ふたりで砦の入り口にいつも置いてある矢のストックを取りに戻る。

無造作に置かれている収納用の箱には、たっぷりと矢が入れられていた。確か、テオの矢筒からは、三分の二くらいの矢が減っていたはずだ。

「まったくもう、わたしにはうるさく矢を回収しろって言ってたのに……」

やっぱり、さすがのテオも撃ち損じたのかな、とサキがぶつぶつ言っていると、ラニエルが意外そうな顔をした。

「知らないんですか？」

矢を纏めたサキが振り返る。すると、ラニエルが語り出した。

「テオさんはいつも、倒した魔物を全部自分のものにしませんよ。森の迷子たちのために残しておくんです」

「……森の？」

迷子ですよ、と言いながら、ラニエルが矢を巻くための古布を取り出す。

「森には、身寄りのない子どもたちが住み着いていて、傭兵たちが回収し損ねた魔物の部位を報奨金に換えて暮らしているんです」

サキは思い出したことがあり、あっと声を上げた。

「そういう子、見たことがある。テオとふたりで東の森へ行った時、子どもが大ガラスの頭の羽根を持って逃げちゃったみたいなの。びっくりしてたら、テオが放っておけって」

あんな森の中に子どもがいるなんて、なにかの見間違いだったのかと思っていたが……疑問を覚え、サキはラニエルに質問をしてみる。

「身寄りがないとしても、子どもたちはどうして森の中に住んでいるの？　魔物が出て危険じゃない？」

すると、ラニエルが小さくため息をつく。

「森の外の方がもっと危険だからですよ。親のいない子どもを食い物にしようとする者はいくらでもいますから。それで、いつからかそういう子どもたちが集まり、森に隠れて暮らしているんです」

「そんな……」

サキが森で見たのも、まだ小さな子どもだった。あんな幼さで、頼る親もなく、子どもだけの不安定な暮らしに身を置いているなんて信じられなかった。

「特にめずらしい境遇でもないですよ。アスランとテオも、元はその『森の迷子』ですから」

絶句して、サキはしばらくまばたきを繰り返す。

「アスランとテオも……？」

サキが落としそうになった矢の束（たば）を、ラニエルが受け止めた。彼はそれを手際よく古布で包んでいく。

「そうです。だからテオは倒した魔物を、子どもたちのために何体か放置して帰るんですよ。迷子に横取りされても決して咎めません」

テオ自身も、そうして生きてきたからなのだろう。南の森で単独行動をとっていた間も、きっと迷子たちのために魔物を倒していたから矢が減ったのだ。

「知らなかった……」

「わざわざ話すことでもないからじゃないですか？」

立ち尽くしているサキを、ラニエルが急かす。

「さあ、そろそろ戻りましょう。あまり遅くなるとフレイア団長の怒りを買いますよ」

僕はそんなのごめんですからと言われ、サキは厩へ急いだ。


「……なるほどな」

本を閉じたフレイアが呟いた。

「貴重な記録だ。ラニエル、この本はしばらく私が持っていてもかまわぬか？」

本を持って戻ったサキとラニエルは、アスランたちと共にフレイアのテントに集められ、彼女が本を読み終わるのをじっと待っていたのだった。

テントの隅にいたラニエルは、フレイアにも素っ気なく答える。

「どうぞ。僕にはもう必要ないので、差し上げますよ」

フレイアが満足そうにうなずき、となりにいる世話係の青年に本を手渡す。

「感謝するぞ。いま、王城でも文官たち総出で書庫の記録をあたっているという知らせが届いている。さがせば、キメラを倒す手がかりがなにかしら見つかるだろう」

その話を聞いて、アスランもうなずきつつ立ち上がる。

「他になにかわかったら知らせてくれ」

彼はダレンたち団員の顔を見回し、用は済んだとばかりにテントを出て行こうとした。

帰っていいのかな、とサキがダレンの顔を見ると、彼も戸惑っているようだ。だが、テオはさっさと立ち上がり、伸びをしてからアスランに続こうとした。

「待て、アスラン」

フレイアに鋭く呼び止められ、アスランが振り返る。しかし、無言のまま彼女を見つめ返すだけで戻ろうとはしない。

「キメラを倒すには腕のたつ者が必要だ……その間だけでも、私のもとに戻ってこい、アスラン」

驚きの声を上げてしまいそうになったが、サキはなんとか堪えた。

アスランが答える前に、テオがテントから出て行ってしまう。サキは、一体どうなるのかとはらはらしてアスランを見る。すると、彼は少しも表情を変えずにきっぱりと言った。

「断る」

フレイアがかすかに息をのんだ。

さらに言葉を続けようとした彼女だったが、あきらめたように息をつき、目を閉じる。

「……そうか、残念だ」

「だが、キメラの討伐には他の傭兵団の者とも連携し、全力を尽くす」

それだけ言うと、アスランもテントから出て行ってしまった。いつの間にか立ち上がっていたラニエルもさっさと続く。ダレンに促され、サキも慌てて立ち上がった。

テントを出る前、一度ぺこりとフレイアに頭を下げる。入り口に立つと、奥に座るフレイアの顔は影になっていて、どんな表情をしているかはわからなかった。

「あれって、断ってよかったのかな」

サキはテントを出て、ひそひそとダレンにささやいた。

「そうだね……」

呟いたダレンが、ふいに立ち止まった。

「でも、アスランは君のために断ったんだと思う」

サキも驚いて足を止める。

「フレイア傭兵団に所属すれば、受け取った報奨金をいくらか団におさめないといけなくなる。期間限定の復帰でもそれは変わらないはずだ。そうなったら、いくら大物を倒しても、国王に個人的な願いを叶えてほしいなんて言い出すわけにはいかないからね」

「ど……どうしよう……そんな……」

サキを家へ帰すため、国王に願い出てくれるという約束のせいで、ダレンたちみんなを危険に晒すわけにはいかない。

「わたし、アスランにフレイア様の話を受けた方がいいって言ってくる！」

走り出そうとしたサキの腕を、ダレンが掴んだ。

「無駄だよ。アスランは一度決めたら考えを変えない」

「でも……」

言いよどんでいると、ダレンが掴んだ手を放してくれた。

「それに、一度言ったことは、必ず成し遂げる」

いつもとは違うダレンの真剣な顔に、サキは内心驚いてしまう。

「ダレン……」

サキの不安そうな声に気づいたのか、ダレンがはっとする。

「ごめん……なんでもない。さあ、砦(とりで)へ帰ろう。もたもたしていたら置いて行かれてしまうね」

ダレンはそう言っていつものように笑ったが、サキの心には重い不安が垂れ込めていた。


二日ぶりに砦(とりで)に戻り、落ち着いて夕食をとったあと、、ダレンは厩(うまや)にアルフォンスの世話に行った。テオとラニエルはさっさと寝てしまい、広間にはアスランだけが残っている。

椅子に座る彼はなにかを考え込んでいる様子で、やはりフレイアの申し出を断ったことを後悔して思い悩んでいるのでは、とサキは不安になった。

キッチンから様子をうかがっていると、ふいにアスランが立ち上がった。慌てて声をかけたところ、彼は足を止めて振り返る。

「なんだ？」

なんと言えばいいか考えていなかったサキは、なかなか言葉が浮かんでこなかった。

「えーっと、ちょっと話があるんだけど、いいかな？」

そう言うと、アスランがあっさりうなずく。

「わかってる」

「え？」

「ちょっと待ってろ」

サキは驚いた。なんの話だかわかっているということだろうか？　と不思議に思っていると、アスランが手に箱を持って戻ってくる。

「……それ、なに？」

「釘と道具だ。鶏小屋を造ってほしいって話じゃないのか？」

唖然とするサキに、アスランが首を傾げている。

「なんだ、違ったのか？　でも前から気になっていたんだ。そろそろ大きくなりそうだろう？」

確かに、大きくなりつつあるヒヨコたちなのに、厩の横の大きな木箱に入れてあるだけなので、どうにかしないととは思っていた。

「まあ、いい。いまからとりかかるから、やりながらでいいなら話を聞こう」

「うん、わたしも手伝う」

先ほどまでどんな小屋にするか考えていたらしい。手際よく材料を集めてきたアスランが釘を打ちはじめた。横から支えるよう言われ、サキも手伝う。

「それで、話はなんだ？」

釘を求めて、アスランが手を差し出してくる。サキは持っていた釘を渡し、おずおずと尋ねる。

「……アスランって、その、森の迷子だったって聞いたんだけど」

釘を打つアスランの手がぴたりと止まった。もしかして触れられたくない話題だったのか、と胸がどきどきする。本当は、どうしてフレイア傭兵団（ようへいだん）に戻らなかったのか聞くつもりだったが、アスランの顔を見ていたら、不思議とこの話題を振ってしまっていたのだ。

「ああ、そうだ。テオと一緒にな」

「その……どうして森の迷子になったの？」

「どうって、そこから先は聞いていないのか？」

アスランの様子はいつもと変わらず淡々としている。彼を見つめつつ、サキはうなずいた。

「まあ、どうってこともない。俺は気づいたら森にいて、ぼんやりしていたところをテオに助けられたんだ。それで、テオになにを尋ねられても、俺は自分の名前ひとつ覚えていなかった」

それを聞き、サキは持っていた釘を落としてしまった。

思わぬアスランの過去に衝撃を受け、サキは動揺している。だが、当のアスランはそれほど深刻な様子もない。

「……だから、アスランって名前をテオがつけたの？」

「そうだ。夜空の星と同じ名で、元々は願いを叶える古（いにしえ）の神の名だと、テオが言っていた」

以前、テオとアスランが言っていた言葉が思い出されて、サキは納得する。

「テオが、アスランの名前がふさわしいと一目見てわかったって言ってたよ」

そう言うと、アスランは笑った。

「調子がいいな、テオは」

「それで……どうして傭兵になったの？」

すると、アスランが少し考えるように手を止める。

「一年ほど経った頃だったか、迷子たちと暮らしていて、傭兵たちのおこぼれをかすめ取るより、自分で魔物を倒した方が早いんじゃないかと思いはじめたんだ」

「それって、何歳くらいの時？」

「多分、十歳くらいだな」

サキは唖然とした。十歳かそこらで、そんな決心をするなんて……やはり、テオは見る目があったとしか思えない。

「だが、俺が傭兵の真似事をはじめた時、ついてきてくれたのはテオだけだった。他の迷子たちは危険なことをするのを嫌がったんだ」

それで迷子たちから離れてテオとふたりで魔物を倒し、徐々に経験を積んでいったそうだ。そうしているうちに、フレイア団長の目に留まり団に迎え入れられたのだとか。

「それが十二歳くらいの頃だったな。そこで、ダレンとラニエルに会ったんだ」

ようやく鶏小屋の形が見えてきたところで、アスランは一度立ち上がった。

「俺は魔物を倒していて、迷ったことも恐怖を感じたことも一度としてなかった。ただ、目の前に現れた魔物を倒すことがすべてだと思っていたんだ」

鶏小屋は簡素ながら考えられた造りで、これならヒヨコたちも快適に過ごせそうだ。少しの間沈黙していたアスランが、言葉を続けた。

「腕を上げてテオと共に名が知られるようになっていたある日、フレイアに言われたんだ。おまえの強さは本物じゃない、先のことを考えていないだけだと」

「フレイア様が……」

「正直、言われた時は意味がわからなかった。なにが悪いとすら思ったな。だが、ずっと気になっていたんだ。そして、それは本当のことだとあとになってわかった。俺は、先のことなんて考えてなかったから」

「先って……？」

サキの呟きに、俺なりの答えだと、アスランが前置きをしてから答える。

「明日も生きるってことだと思った。それで独立したんだ。団員を抱える傭兵団の団長になれば、不用意なことはできない。この先も生きて、あいつらを率いていく責任がある、と」

「……それで団長に？」

「ああ、ふさわしいかどうかはわからないがな。でも、これまでなんとか死なずに生きてきた。みんなのおかげで……さあ、できたぞ。急ごしらえだが、しばらくはこれで十分だろう？」

「ありがとう……アスラン」

キメラの大量発生は、三ヶ月後。

ダレンが言っていたように、アスランは決してキメラに怯まず、サキのために戦ってくれるのだろう。もしかしたら、自分こそがアスランの明日を奪ってしまうことになるかもしれないと思うと、サキは落ち着いてはいられなかった。


夜が明けて、サキはヒヨコたちを昨夜造られたばかりの小屋から出した。

彼らは、いそいそとエサをさがして地面をついばみはじめる。その様子をぼんやり眺めていると、めずらしく早く起きてきたラニエルが通りかかった。

「お、おはよう……」

よそよそしい笑みを浮かべて挨拶したところ、彼は怪訝な顔をする。

「……おはようございます」

「あの、今朝は……その、早いね」

じっとラニエルがサキを見つめた。

「言いたいことがあるなら、さっさと言ったらどうです？」

愛想笑いなんか似合ってませんよ、と言われたサキは思いきって切り出した。

「……いろいろあって言いそびれてたけど、毒蝶から助けてくれてありがとう」

自分から言えと言ったのに、ラニエルはそれを聞くと狼狽えはじめた。

「礼なんて……あれは、助けたとは言えませんから」

彼の意外な反応に、サキは昨晩、寝ずに考えたアイデアをぶつける覚悟が決まった。

「ねえ、わたしなりにラニエルに恩返しがしたいんだけど……いいかな」

「あなた……なりに？」

嫌な予感を覚えたのか、じり、とラニエルが後退（あとずさ）る。

「だから、そこに横になってくれる？」

「は？」

ラニエルはなにをされるかわかっていないらしく、ぎょっとしていた。逃げられては困るので、サキはにこにこと笑顔で彼に近づく。

「な、ななな、なにを……」

「いいから、そこに横になってみて？」

ラニエルはいまにも逃げ出しそうに怯えている。彼を逃がさないように、サキはさりげなく一歩踏み出す。

「いえ、なんだかわかりませんが、結構です」

「遠慮しないで。ほら、そこに丸太もあるから」

「ま、丸太？」

ラニエルは警戒してなかなかサキから視線を外さなかったものの、やがて、ちらりと横にある丸太を見た。

「な……なんのために……」

心なしか、彼は顔色をなくして涙目になっている。

「そんなに怖がらないで、とりあえず一緒にやってみようよ、ね？」

そう言ってさらに歩み寄ると、ついにラニエルが悲鳴を上げたが、声になっていない。彼は首を横に振りながらじりじりと後退る。

「逃げようとしても無駄だよ？」

腕力ならラニエルには負けない。逃げようとすれば寝技で押さえつけるだけだ。

「さあ、さあ……」

「うわっ」

サキはとん、と軽くラニエルの肩を押した。

それだけで、彼は草の上に倒れる。このあたりの土はやわらかいので特に痛くないはずだ。仰向けになったラニエルの足の上に、サキは馬乗りになった。

「わたしがこうやって足を押さえているから、ラニエルは腹筋を使って上体を起こしてみてくれる？」

「な、なんでそんなことを……っ」

ラニエルはもがいたが、足を押さえられているから逃げられない。

「なぜって腹筋をつけるためだよ」

ここだよ、とサキはラニエルのお腹を触ってみた。すると、彼は喚きながら懲りずにじたばたする。

「ん？」

サキは暴れるラニエルのお腹をさわさわとさぐった。

「あれ、全然筋肉ついてないじゃない」

アスランは腹筋ばりばりだよ、と言ったところ、ラニエルが急にぐっと上体を起こす。

「……どこで見たんですか」

なぜか愕然（がくぜん）としている彼に、サキは首を傾げる。

「どこって……川だよ。ラニエルもいたでしょ？　魚を捕ってくれた時、シャツを脱いでたじゃない」

「なんだ……あの時か」

ラニエルはそう呟（つぶや）いて、また草にどさりと背中をつけた。

「なんだじゃないってば。ほら、いまみたいにまたやってみて。ラニエルも見たでしょ？　アスランのあの腹筋を」

あれくらいを目指してがんばろうよ、と言うとラニエルがため息をつく。

「アスランと比べられても、なんとも思いませんよ」

彼はすっかり力を抜いて、投げやりに横になっている。

「いやいや、アスランどころじゃなくて、わたしより腹筋割れてないよ」

ほら、とラニエルの手を取り、サキは自分のお腹を触らせた。

「うわあああああああ！」

今度こそ、ラニエルが絶叫する。

「なに、その反応……ただのお腹なのに」

ラニエルが体をよじって逃げようとするものだから、サキは思わず寝技をかけてしまいそうになった。だが、さすがにはっと気づいてやめる。

「おい、なんだ、拷問か？」

ラニエルの悲鳴を聞きつけたのか、ぶらぶらとテオが現れた。

「人聞きの悪いこと言わないでくれる？　ラニエルの体を鍛えようとしているだけだよ」

「鍛えるって？」

サキが腹筋の鍛え方を説明すると、意外にもテオは興味を持ったようだ。

「さあ、ラニエル。私が足を押さえているから、反動をつけずにお腹の筋肉だけを使って起き上がってみて？」

もがき疲れたらしく、ぐったりとしたラニエルは弱々しく頭を振る。

「ほらほら、百回とは言わないから、五十回くらいやってみて」

「ご……」

絶句したラニエルが、しばらくしてかすかな声で言う。

「大体、剣を振るうわけじゃない僕が体を鍛える必要なんてないでしょう？」

「そんなことないって。魔道師でも体力はあった方がいいよ。ラニエルってすぐ息が切れちゃうでしょ？　そうなったら集中して魔法が使えないみたいだしね」

横に立っているテオに同意を求めると、彼も、そうかもなとうなずく。

「そうだ、暇そうだし、テオも一緒にどう？」

「あ？」

すると、ラニエルが目を見開いて大きな声で言った。

「それがいいです！　テオさんがやるなら僕もやります」

「お、おまえ……！」

慌てて踵を返そうとしたテオの服の端を、サキは逃がさないとばかりに掴む。

「ほら、ラニエルもこう言ってるし。テオなら、その丸太を抱えながらでもいいと思うな。五百回とか目指してみよう」

「ま、丸太って、おまえ、こんな重そうな……」

「わざわざ重そうな木を切って丸太にしたんだから、当然でしょ」

先日、ダレンと薪拾いをしている時に、理想の木を見つけて用意しておいたのだ。これを抱えて腹筋をすれば、負荷がかかってより効果的となる。

テオが丸太を足で転がそうとするが、どす、と鈍い音を立てて横倒しになったまま動かない。彼は、微妙な表情でサキに尋ねた。

「なんで急にこんなことはじめたんだ」

「だって……時間が」

キメラが大量発生するまで、あともう三ヶ月しかない。しかも、フレイアからはまだなんの連絡もないのだ。それはつまり、キメラへの対抗策が見つかっていないということだった。

「なにかしてないと、こわくて……」

ぎゅっと手を握りしめ、サキは大きく息をつく。ラグビー部の試合の時も、サキは応援しかできなかったし、どんなに声を張り上げても祈りが届かないことがあると知っていた。だからこそ、できることをしておきたいのだ。

「……ばかじゃねえの」

テオの冷たい言葉に、サキは一瞬、息が止まる。どんなに力になりたくても、結局、自分にできることはなにもないのかもしれない。サキは震える手をなんとか押さえた。

「キメラと戦うのは俺たちだ。おまえにこわい思いなんてさせるわけねえだろ」

サキは信じられない思いで、となりに立つテオを見上げた。

「テオ……」

いつもなら不機嫌そうに目を逸らしてしまうテオが、じっとサキを見つめている。

「……あの、僕がすごく間抜けなことになってるんですけど」

その言葉にはっとしてそちらに視線を向けると、ラニエルが白けた顔でふたりを見ていた。

「よ、よし、ラニエル。俺がやるなら、おまえもやるって言ったよな？」

重苦しい雰囲気を変えるためにか、そう言いながら、テオがラニエルの横に仰向けになった。

「俺がやった回数の半分、おまえもやるんだぞ」

「え！」

テオが勢いよく何度も上体を上げて腹筋を鍛えはじめる。なかなかのスピードで、本当に五百回くらいできそうだ。

「ちょっと、待ってください。五百回とかやるんじゃないでしょうね」

慌ててラニエルが起き上がって、テオを止めようとする。

「おう、五百回やってやるよ」

「テオ、がんばって！」

「まかせろ」

調子よくテオが答え、サキが回数を数える。みるみる回数が増えていき、ラニエルは青ざめていく。

「や、やめ……っ」

「ほら、ラニエルもがんばって。はい、いーち……」


五百回はさすがに無理だったが、テオは二百回腹筋をこなした。ただし、寝転がったまま動けそうにない。

「だ、大丈夫、テオ？」

強がろうとしてぱくぱくと口を動かすテオだが、声は出ていなかった。

「明日、起き上がれるといいね……ラニエルも」

ラニエルはもうすぐ三十回というところで突然動かなくなっている。彼の体つきでは、せいぜい十回くらいが限度だと思っていたものの、意外とがんばってくれて、サキはうれしかった。

「じゃあ、次はスクワットかな」

すると、びくりと体を震わせてラニエルが目を開く。

「……まだ……なんかやるのかよ……それに、なんだよ、スクなんとかって……」

テオにも睨まれるが、サキは平然と説明する。

「もちろん、腹筋だけ鍛えたって意味ないでしょ。体幹を鍛えるには、まず腹筋と背筋を鍛えなきゃ。それにはスクワットが効くから。まずわたしがやってみせるね……」

そう言ってサキが立ち上がると、すかさずラニエルが逃げ出そうとした。だが、起き上がるどころか少ししか動けず、ただうつぶせになっただけだ。

「ほら、ちゃんと見ててよ、ラニエル」

サキが彼を揺り起こそうとした時、遠くから蹄の音が聞こえてきた。

「あ、ダレンが帰ってきたみたい」

後ろを振り返っている間、テオとラニエルが助かったと言わんばかりに顔を見合わせていたことに、サキは気づかなかった。

「ただいま」

アルフォンスに乗ったダレンが、森の小道から現れる。

「お帰りなさい、ダレン。ごめんね、買い出しなんて頼んじゃって」

「かまわないよ。なにが必要か説明してくれてたから、すぐ済んだし」

ダレンはアルフォンスから降りると、鞍の後ろに乗せていた麻袋をサキに渡そうとして手を止めた。

「テオ、荷物が重いんだ。悪いけど手伝ってあげてくれないかい？」

仰向けに倒れたまま、テオがじろりとダレンを見る。

「動けるわけねーだろ……」

「なにがあったんだい？」

ダレンが不思議そうにサキに聞いたが、サキは笑って答えず、大丈夫だから、と買い出しの荷物を受け取る。

「体を鍛えるには、食事でたっぷり栄養をとることも大切だし、今日から力のつくメニューにするね」

南の森でアスランたちが倒した毒蝶の息子たちの触覚は、一月は食うに困らないほどの報奨金となっていた。毒などで広範囲に被害を及ぼすおそれのある魔物の報奨金は、高いのだとか。

「ダレンにいろいろ買ってきてもらったし、よろこんでね、これからは一日六食にするから」

そう言うと、ラニエルが弱々しい呻き声を上げる。彼はもともと食が細いし、好き嫌いが多い。

「じゃあ、しばらく休憩時間にしよう。料理の下ごしらえが終わったら、おやつを食べて、次はスクワットだから」

荷物を半分持ってくれたダレンが、力なく倒れているふたりを見ながら同情した様子で言う。

「なんか、大変そうだね……」

「大変って、ダレンにも別メニューを考えてあるんだよ」

「え？」

ダレンが持っていた荷物を落としそうになる。

「でも、俺は――」

怪我のせいで激しいトレーニングはできない、と言いたいのだろう。サキはにっこり微笑んで彼の言葉を遮った。

「大丈夫！　水の中なら膝の負担を軽くできるって知ってた？」

「そ……そうなんだ……」

それでいて、流れが強ければ、その分鍛えたい部分への負荷がかかるから、すごく効果があると思う！　と元気よく続ける。すると、ダレンが引きつった笑みを浮かべた。

「……よかったな、ダレン」

テオの言葉に、ラニエルもうなずいている。

「そういえば、アスランは？　アスランはどうしてるんだい？」

ダレンが必死にあたりを見回すが、アスランの姿はない。

トレーニングをする人数が多ければ、ひとりひとりの負担が減るわけではないのにと思いながら、サキは言った。

「アスランは、出稽古に行ってるよ」

「でげいこ？」

「そう、わたしがフレイア様に頼んだの。彼女の傭兵団で、剣の稽古をする団員たちと一緒に訓練させてほしいって。アスランと訓練できるなら他の団員も得るものが大きいって快諾してくれたよ」

その途端、テオが驚いたように体を起こす。

「あんなあっさり勧誘を断って、あの女の顔をつぶしたのにか？」

「やだ、フレイア様はテオとは違って、それくらいで根に持って恨んだりするような人じゃないよ。なんて言うの？　度量が広い感じ？」

「悪かったな、度量が狭くて」

ふて腐れたテオが、また寝転がる。

「それに、アスランには、フレイア傭兵団（ようへいだん）の野営地までランニングで行ってね、ってすすめたの」

「らんにんぐって？」

サキが聞き慣れないカタカナの言葉を話すことに、ダレンたちはいちいち驚かなくなっていた。

「走って行くことだよ」

「走って？　あの野営地まで？」

サキがうなずくと、ダレンが唖然（あぜん）とする。

「距離にしたら十五キロくらいでしょう？　アスランなら平気、平気」

「……か、帰りは？」

「もちろん、ランニングで帰ってきてって言ってあるよ」

ダレンがなぜか一歩後退（あとずさ）った。ラニエルはすっかりテオの体の陰（かげ）に隠れている。

「これくらいで驚かれたら困るんだけどな。アスランには、剣の訓練で三十人に勝つまで帰ってこないでねって言ってあるんだよ？」

もう、誰もなにも言わなくなった。

納得してくれたのかなと思い、サキはダレンにキッチンに行こうと促す。

サキはテオたちに背中を向けて歩きはじめたが、はたと足を止める。そして振り返ると、立ち上がろうとしていたラニエルと目を合わせた。

「ラニエル。逃げたらやることを倍に増やすからね」

「……！」

そう言い置いて、サキはキッチンに向かったのだった。


しっかりトレーニングを実践したその日、陽が暮れた頃にアスランが戻ってきた。

「お帰り、アスラン」

彼の呼吸は荒いが、それほど疲れてはいないようだ。それでこそ、メニューを考えた甲斐がある。

「どうだった？　わたしの考えた訓練方法」

「ちょうどよかったな……そうだ、これ」

サキはアスランから包みを渡された。彼には、訓練の途中で食べてほしいとお弁当を渡していたのだ。手渡された包みは軽く、なにも残っていないようでほっとする。

「考えて作られてるからだろうな、食べると力が出た」

「本当？　……よかった」

うれしくて、サキは頬が熱くなるのが自分でもわかった。

「みんなは？」

「休憩してるよ」

「休憩？」

アスランが広間に入って足を止めた。

テーブルにはラニエルが突っ伏しているし、テオは椅子に座っているが、落ちそうになったまま寝ている。床に座るダレンは壁にもたれて、びくともしない。

しばらく立ち尽くしていたアスランがサキを振り返る。

「……死んでるんじゃないのか？」

「大丈夫。そんな厳しいことはさせてないよ。明日から本格的にやる予定だし」

サキの言葉に、テオが椅子からずり落ちた。

この日から、サキは皆が飽きないように、かつ効果的に体を鍛えるためのメニューを組んだ。おかげで、ノートはその計画で埋め尽くされ、ほとんど余白がなくなってしまった。サキは、どんな小さな変化も見逃さずみんなを励まし続けた。自分にできることはこれしかないと、ただ一心に。

くる日もくる日も。

そうして、キメラの大量発生に備えていった。少しずつ。

キメラの大量発生前日。

サキは抱えていた野菜をどさりとテーブルに置いた。一日六食作ることになっているから、調理も大変だ。みんなのトレーニングにつきあい、バランスのとれた食事を用意し、筋肉が張り過ぎた場合にはマッサージをするなど、サキこそ体力勝負の毎日だった。

何気なく広間を見たところ、ラニエルがひとりでなにかしている。気になってそっと覗くと、袖をまくり、腕に力を込めたりゆるめたりしていた。

「なにしてるの？」

声をかけると、はっとしてラニエルが振り返った。彼は慌ててまくっていた袖を下ろしている。

「な、なにも……」

「そう？」

暇なら下ごしらえを手伝ってくれる？　と頼むと、しぶしぶといった様子でラニエルがキッチンにやってきた。

「じゃあ、その野菜の葉っぱをとってくれる？」

そう言ってすぐ、ラニエルがサキを見つめていることに気づく。

「なんだか……はじめて会った時と印象が変わりましたね」

「え？」

普段、こんな風にラニエルから話しかけてくることはほとんどないので、サキは驚いた。

「そうかな？」

首を傾げたが、確かにそうかもしれない。もう三ヶ月くらい美容院に行っていないから髪はボサボサだし、着ているジャージもすっかりヨレヨレになっている。

あらためて自分の姿を省みて、サキは少し恥ずかしくなった。

「……なんかくたびれてるね」

苦笑すると、ラニエルが首を横に振る。

「そういう意味で言ったんじゃありませんよ」

きっぱりと否定され、サキはしばらくラニエルの顔を見つめてしまった。彼は居心地悪そうにしている。

「ラニエルも変わったよ」

そこで言葉を区切り、サキは微笑んだ。

「すっごく、逞しくなったね」

「そうですね……いまじゃ自分が自分じゃないみたいです」

ラニエルがローブの袖をまくり、腕を出してみせた。はじめて会った頃の、折れそうなほど細かった腕は、まだ細くはあるが筋肉質なものに変わっている。

「ラニエル……人って変わっていくし、変われると思う。いまのラニエルはさ、自分自身の努力で変わったんだよ」

「僕の努力……？」

ラニエルが怪訝な顔をしている。

「そう。だって、最初は一回も腕立て伏せができなかったのに、いまは百回もできるようになったでしょ？」

三ケ月のトレーニングで、ラニエルは厳しいメニューもこなせるようになっていたのだ。

「それは、あなたができるまで絶対にやめさせてくれなかったからですよ」

ラニエルの暗い口調に、サキは胸が痛んだ。恨まれるのは覚悟の上でいたが、辛そうなみんなの姿に迷い、決心が揺らいだのは、一度や二度ではない。

「ラニエル、厳しい特訓をするのは、ただ腕力をつけるためだけじゃない。それを乗り越えることで強い精神力を手に入れたり、集中力を高めたりするためなんだよ」

これは、かつてのサキがずっと柔道の恩師から言われてきたことだ。

「そして、自分を信じられるようになるの」

「自分を……？」

ラニエルの瞳が揺れた。

「いまのラニエルは、お父さんさんから受け継いだものだけじゃないと思うよ」

愕然（がくぜん）とした顔でラニエルがサキを見つめている。サキも、じっとラニエルの瞳を見つめ返した。

これまでの彼は、受け継いだ力をどう使っていいか見失っていた。いや、一度もまっすぐ向き合ったことなどなかったのだろう。

「魔法を使ってみようよ、ラニエル。きっと以前とは違うはずだよ」

最近のラニエルは、いつも手にしていた本をそばに置いているだけになっていた。久しぶりに本を手にしたものの、彼はそれを開かずにただ見つめている。いま、サキとラニエルのふたりは外に出ていた。

サキはなにも言わずに待った。きっとラニエルは本を開く、そう確信していたからだ。

「……っ」

しばらくして、ラニエルが震える手で本を開いた。古びた紙の上に、くすんだ小さな文字がびっしりと書かれている。いつものようにページに手をかざし、ラニエルが息をのんだ。

「光が……」

文字が、いままで見たことがないほど強い光を放って浮かび上がっている。

「ラニエル……」

そう呟いたサキは、鳥肌の立った腕をさすっていた。

「こんな……馬鹿な……ただ体つきが変わったってだけで……」

「別に不思議じゃないよ。体に起こったことは心にも影響するんだから」

しかも、運動は心を明るくして前向きにする効果もある。

「さあ、魔法を使ってみて」

サキは持ってきていたタオルを手に、近くの木の横に立った。

「わたしのとなりの、この木を狙ってみて」

「……え？」

サキは、驚いているラニエルにかまわず、手にしたタオルで自分の目元を覆う。頭の後ろできつく結ぶと、なにも見えなくなった。

「ちょ……なにをしてるんですか」

「これなら避けられないでしょ」

「そんな……この前はたまたま当たらなかっただけで……」

鬼グマと対峙した時も、サキはラニエルのために身を挺して的になったことがある。あの時は必死で、後先など考えていなかったが、いまは違う。

「大丈夫、ラニエルを信じてるから」

目隠しをしたまま、サキはじっと待った。なにもこわくない。きっとラニエルは成功する。

「……大丈夫」

サキは、もう一度呟いた。

長い時間が流れた気もするし、ほんの少しの間だったかもしれない。やがて、ラニエルの声が響く。

「封じられし書の魔力よ、我は汝を解き放つ者なり……」

それと同時に空気が鳴り、しばらくして、どさりと重いものが倒れる音がして地面が揺れた。

「……っ」

サキはがくりと膝をつく。

「サキさんっ」

ラニエルの声と、こちらに駆け寄ってくる足音が聞こえてすぐ、目隠しが外される。

「だ、大丈夫ですか？　どこか擦ったりしましたか？」

やっと視界がはっきりしてきたサキは、血の気をなくしているラニエルの顔を見た。

「よかったね……ラニエル」

心から微笑むと、息をのんだ彼にぎゅっと抱きしめられる。

「ラニエル？」

「……あなたは、本当に、ちょっと……いや、かなりどうかしてますよ？」

そうだね、とサキはうなずく。

「でも、そうじゃないと間に合わなかったと思う」

ラニエルが体を離し、サキは立ち上がった。夜空を仰ぐと、月が糸のように細くなっている。

キメラが現れる期日は、新月の夜の日。

「……ついに、明日だからね」


新月の日を迎え、キメラの大量発生が予知された当日になった。

「森の中で待つんじゃないの？」

サキは、周囲を見回してこそりと尋ねた。

この地方一帯の傭兵たちは、南の森を取り囲む形でキメラが現れるその時を待っている。

フレイアの要請で、近隣の村に住む者は大きな街へ集まるよう注意喚起がされていた。また王城からは、特別に各街へ正規兵が派遣されている。

結局、キメラの弱点はみつからなかったそうだ。だが、街などへの被害を少しでも食い止めるため、戦いの中で攻略法をさがすことにしたらしい。

「魔物は人の気配がするところに発生しない。だから、街中に突然現れたりせず、人気のない森で発生する」

アスランの説明を聞き、魔物とは不思議な存在だと、サキはあらためて感じた。

「じゃあ、たくさんの人がこの森にいたら、大量発生も起こらないとか？」

そう言うと、ダレンが首を捻る。

「そんなこと、いままで誰もやったことがないだろうし、どうなるかわからないけど、この森も広いからね。あたりの街の人を全員集めても、森が人でいっぱいにはならないんじゃないかな」

そもそも、大量発生は傭兵にとって稼ぎ時だ。事前に発生を防ぐという考え自体なかったのかもしれない。

「あ、フレイア傭兵団が動き出した」

ダレンが馬上から声をひそめて言うと、テオが背負っていた弓を手にとった。

「そろそろ行くか。後れをとるわけにはいかねえよな、アスラン？」

うなずくアスランとテオには、少しも気負ったところがない。ラニエルとダレンはやや緊張しているし、アルフォンスは異変を感じているのか、興奮気味だ。

「よし、行くぞ」

足を踏み出そうとしたアスランが、立ち止まってサキを見た。

「サキ、約束どおり、キメラが倒す術のない魔物だったら、ダレンとコンランの街へ避難するんだ、いいな？」

「うん、わかってる」

そういう約束で、サキは今日ここへ来ていた。だが、補給用にテオの矢を矢筒に二つ背負っているし、怪我をした時の手当てをするという役割も買って出ている。みんな命の危険があるかもしれないのだ。サキだけ安全なところにいられるわけがない。

森へ分け入ってしばらく進んだところで、ダレンが言った。

「なにもいないね……」

森は静かで、穏やかな空気が流れている。ただ、リスや野ウサギなどの姿が見えない。アルフォンスのように、動物たちはなにかを察知しているとしか思えなかった。きょろきょろしていると、ふいにあたりが暗くなる。陽が雲で陰ったのかと考えていると、テオがゆっくりと矢筒から矢を引き抜いた。

「いや……おでましだぞ」

まさか、と足元を見ていたサキも顔を上げた。

「な……っ」

陽が陰ったのは、雲がかかったからではない。大きな翼を広げたキメラが音もなく上空を旋回していたせいだ。

本に書いてあった通り、キメラは頭は猿、首から下は大きな鳥、足は蹄のある山羊という姿だ。

想像していたよりも醜悪で、まさに悪夢としか言いようがない。

「よし、こいっ」

テオが真上に弓を構え、矢を放つ。

彼がすばやく二連続で放ったそれは、見事にキメラの両翼を貫いた。

「ギャアアアア！」

恐ろしい声が森に響き渡る。キメラの翼が弾けるように散り、羽根が灰色の雨となって降り注ぐ中、本体も落ちてきた。

「サキさんっ」

ラニエルに腕を引かれ、サキは慌てて落下予想地点から離れる。地面に激突したキメラの体が何度かバウンドし、動かなくなった。

「やったか……？　意外と手応えねえじゃねえか」

やっぱり、あの本は誇張して書かれてたんじゃないかと言いつつ、テオがキメラに近づこうとするのをアスランが制した。しばらくすると、キメラはぶるぶると体を震わせ、猿の口から鼓膜を突き破りそうな鳴き声を発する。

起き上がったキメラは山羊の足で大きくジャンプし、近くの岩の上に跳び上がった。サキたちを振り返った時、キメラの翼はすでに再生し、元通りになっていた。そして、首をもたげた猿の顔が大きく口を開く。その口の中が赤く燃えているのを見て、本に書いてあった一文が蘇る。

「あぶない！」

サキは思わず叫んだ。

火を吐くつもりだとわかったが、この距離では避けきれないかもしれない。そう思った途端、風の刃で猿の頭が吹き飛び、キメラの体が岩の向こうへゆっくり倒れていった。

「ラニエル！」

振り返ったところ、魔道書を手にしたラニエルがしっかりと立っていた。

あたりが不気味に静まりかえる中、サキは呆然としながら言った。

「いま……本当に火を吐こうとしてた」

『ラヴェン地方の異話集』に書かれていた内容は、ほぼ当てはまっている。ということは、何度切りつけても蘇り、倒すことはできないという話も……

「くるぞ」

アスランが剣を構えた。岩の向こうから、大きく上下に動く翼が現れる。

「やっぱり……」

キメラの体には、元の位置に猿の頭が戻っていた。

「くそ……っ」

「ダレン！　サキを連れて森から出るんだ」

「わかった！　サキ！」

ダレンが手を伸ばし、サキをアルフォンスの上に引っ張り上げる。こんなところでみんなを置いていかなければならないなんてと思ったが、足手纏(あしでまと)いにだけはなりたくなかった。

「すぐに戻る！」

ダレンが手綱(たづな)で合図し、アルフォンスが走り出す。

「ダレン、森の外まででいいから！」

「ああ！」

森の外まで行けば、そこからはサキひとりでもコンランの街に行ける。ダレンもすぐに引き返したいはずだ。

コンランの街へ着いたら、派遣されている正規兵の隊長に、やはりキメラを倒す方法がないかもしれない、と伝えなくては。このままでは二百年前と同じように、倒せなかったキメラたちが街へ向かって溢(あふ)れ出しかねない。そうなれば、いくら正規兵がいたとしても、魔物と戦った経験がほとんどない彼らが被害をどれだけ食い止められるかわからなかった。

街へ向かう道に沿って駆けていたアルフォンスだが、ふいに足を止める。その反動で、サキとダレンは馬上から放り出されそうになった。

「アルフォンス？」

アルフォンスが興奮していなないた途端、木々の間から、首のない猪(いのしし)が背中に生えた羽根を撒(ま)き散らしながら踊り出てきた。

「うわっ！」

猪の体と羽根には何本もの矢が刺さっている。他の傭兵がしかけた攻撃で傷を負い、逃げ出してきたのだろう。咄嗟にダレンが手にした槍を投げつけると、尻尾の位置に生えていた大蛇に命中した。

大蛇の身を貫いたダレンの槍は地面に突き刺さり、続けてキメラに刺さっていたはずの矢もバラバラと落ちる。キメラの体は霧のように消え、あとには黒い水たまりが残った。

「な……なに……なにが起こったの……」

サキは恐ろしさのあまり、震える手でダレンの背中にぎゅっとしがみつく。

「消えた……キメラが……」

ダレンも呆然と呟いてすぐ、傭兵らしき男たちが走ってきた。男たちは殺気立った様子であたりを見回す。

「手負いのキメラがこっちに来なかったか?」

あちこち傷を負っている彼らの姿からは、なんとかあのキメラを追い詰めたことがうかがえた。

「そ、そこに……」

ダレンが黒い水たまりを指さすと、男たちがそのまわりに立ち尽くす。

「どういう……ことだ?」

水たまりの中に自分たちの射かけた矢が落ちているが、キメラの姿はない。呆然とするのも無理はなかった。キメラが消えてしまうのを目にしたサキたちにだって信じられない。

「でも、倒せたのには、なにか理由があったはず」

これまでとは一体なにが違ったのか、サキは必死で考えを巡らせた。アスランたちが攻撃して復活したキメラと、いまのキメラはなにが違ったのか……

「もしかして……」

サキは呟いたあと、しばらく黙り込んだ。そして、ダレンに向き直る。

「ダレン……」

「え？」

サキはダレンの肩を掴むと、激しく揺さぶった。

「わかった！　わかったの、キメラの倒し方が！」

「わわわわわ、なんだって？」

ダレンが振り返り、傭兵たちもサキを見る。彼らに、サキは興奮した口調で説明をする。

「攻撃すると、その攻撃が当たった動物の部分が消えるけど、しばらくするとまた復活するでしょ？　だからそれが元に戻るまでに他の部分も攻撃するの。きっと、ひとつでも元に戻っていたらだめなんだよ」

ダレンが絶句してサキを見つめた。

「そうか……そうかもしれない……」

そう口にする傭兵たちは、顔を見合わせている。

「ダレン、いますぐアスランたちのところへ戻ろう」

その言葉に、ダレンがはっとして手綱を握り直した。

「わかった！」

「みなさんも、そうやって倒してみてください！　それが正しかったら他の人にも伝えて！」

男たちがうなずき合って、わかった、と言わんばかりに手にしている剣を上げる。

「戻ろう、サキ！」

サキがダレンの胴に手を回してしっかりと掴まると、ダレンはアルフォンスの首を回し、いま駆けてきた道を走り出した。

早く、早く、アスランたちのもとへ。

馬上で、サキは祈った。


サキたちがアスランたちのもとへ戻った時、猿の頭のキメラはまだ耳をつんざくような鳴き声を上げていた。やはり、ただ無闇に攻撃しているだけでは倒せないのだ。

「テオ！」

そう声をかけながら、サキは背負っていた矢筒をテオに投げた。彼の矢筒には、もうほとんど矢が残っていない。

「どうして戻ってきたんだ、ダレンッ！　サキ！」

振り返ったアスランが叫んだ。

「わかったの、キメラの倒し方が！　アスラン、動物の部分を全部、蘇(よみがえ)るまえに切り落として！」

それだけで、アスランはためらわず行動に移した。

「テオは両方の翼を、ラニエルは猿の頭を狙って！」

ふたりが、指示通りに矢と魔法を放つ。すると、頭と翼を失ったキメラが岩の上から転がり落ちた。蹄のついた足が宙を掻いたところを、アスランの剣が閃く。

さっきも見た通り、キメラの体は蘇ることなく黒い水たまりとなって消えた。

「やった……」

呆然とテオが呟き、アスランは信じられないと言わんばかりに足元の水たまりを見ている。サキはダレンと顔を見合わせ、この倒し方で間違っていないことを確信したのだった。

「よかった、みんな無事で。怪我は……」

サキが尋ねようとした時、少し離れたところからおぞましい雄叫びが響く。

「またきたな」

そう言ったテオが、空になった矢筒を地面に投げ捨てる。

「倒し方さえわかればこっちのもんだろ、倒せるだけ倒すぞ」

ラニエルがうなずく近くで、アスランがダレンとサキに言った。

「俺たちは次のキメラを倒す。ダレンとサキはフレイアを見つけてキメラの倒し方を伝えてくれ」

「わかった。途中で会った傭兵にも伝える」

答えつつダレンが手綱を引くと、アルフォンスがいななく。

「しっかりつかまって、サキ」

「うん」

森の中を駆けていく途中で出会う傭兵たちは、皆が苦戦していた。中には地面に倒れ伏して動かない影もあった。彼らにキメラの弱点を伝えながら、森のどこにいるかわからないフレイアをさがしてアルフォンスが疾走する。

やがて、川のそばの開けた場所で、フレイアを見つけた。剣を手にしている彼女の美しい頬には傷が走り、血が滴っている。

「フレイア様！」

その姿に気づいたサキは、馬上から声の限りに叫んだ。フレイアが傭兵たちと共に対峙しているのは、巨大な双頭の蛇に鳥の羽根が生えているキメラだ。キメラの左の頭はすでに切り落とされている。しかし、倒すまでには至っていないようだ。サキたちが見ている間に、首がむくむくと生えてきた。

「首が……！」

復活した左の頭は、右の蛇の頭と違い、血走った目のおぞましい鶏だった。

「気をつけろ！」

フレイアが叫んだ瞬間、鶏の頭がとさかを振るわせ、大きくくちばしを開ける。そして時を告げるようにけたたましい声を上げたかと思うと、ゴウッと炎の舌の如き火炎を噴き出した。

避けきれずに体に火を受けた傭兵が、川に飛び込む。

フレイアは本に書かれていた通りキメラが火炎を吐くことを予想して、川のそばで待機していたのだ。

「鶏の頭を切り落とせ！」

彼女の鋭い命令に、傭兵たちがキメラに斬りかかる。サキは、その隙を縫って再び叫んだ。

「フレイア様！　キメラの倒し方がわかりました！」

「なんだと？　どうすればいい！」

フレイアも、よく通る声で問い返してくる。サキは、これまで何度も繰り返してきたキメラの倒し方を大声で告げた。フレイアだけではなく、このあたりにいる傭兵たちに届くように。

「よし……っ、矢を放て！」

フレイアの号令で、矢がいくつもキメラに集中する。羽根を散らして蛇の眉間に矢が深々と突き刺さり、巨体が倒れた。すかさずフレイアが剣を振りかざして躍りかかり、鶏の首を刎ね飛ばす。

あとには残った不気味な黒い水たまりの中に立ったフレイアが、声を上げる。

「勝機が見えてきたぞ、怯むな！　二百年前の災厄を決して繰り返してはならぬ！」

傭兵たちの士気が上がったところで、近くにあった木の枝が一斉にばきばきと割れる音が響いた。

「なんだ！」

フレイアが油断なく剣を構えた先、木の上で新たなキメラが大きな翼を広げている。

「な……っ」

それは、人間の女の上半身に、羽根毛で覆われた鳥の下半身と翼を持つ恐ろしいキメラだった。顔は女とはいえ、虹彩しかない吊り上がった目に、耳まで裂けた口は人間らしい表情を持っていない。口の中には鋭い牙がならび、舌は蛇になっている。

「な、なにあれ……」

あまりにもおぞましい姿に、サキはダレンの背中にしがみついていた。勝利を確信していたはずの傭兵たちも、その異様な外見に息をのんでいる。

「ええい、おそれるな！　まずは矢をかけ、射落とせ。落ちてきたら、首を刎ねよ！」

フレイアの怒鳴り声に我に返った傭兵たちが、一斉に矢を放った。

キメラは木をなぎ倒しながら羽根ばたき、宙へ逃れる。そして大きく翼をしならせ、雄叫びを上げた。するとキメラの翼から刃のような羽根が降り注ぐ。

「うわあああっ！」

あっという間に、フレイアたちの一団は劣勢となってしまった。地面に倒れる者が続出し、逃げ出す者もいる。

「手を止めるな、矢を撃て！」

フレイアの号令も空しく、矢を放ってもキメラまで届かない。

「サキ、ちょっと降りてくれるかい」

ダレンに言われ、サキははっとしてアルフォンスから飛び降りた。

「どこかに身を潜めているんだよ」

それだけ言うと、ダレンがアルフォンスを走らせた。左手で手綱を、右手で槍を構えた彼はキメラに向かっていく。

「ダレン！」

サキは悲鳴のように叫んだ。キメラがまた翼を大きくしならせている。

「いっけぇ……っ！」

刃の羽根が降り注ぐ前に、ダレンの投げつけた槍が、まっすぐキメラの翼を貫いた。

「ギャアアアア！」

羽根が散り、キメラが錐もみ状になって落下してくる。わらわらと傭兵たちが逃げ惑う中、フレイアだけが剣を構えて立っていた。やがて地響きを起こし、キメラの体が地面に叩きつけられる。間髪容れずに、フレイアの剣がその首を刎ねた。

キメラの頭が火を噴きながら転がっていく。

あたり一面がキメラの羽根で覆われている中、歓声が上がった。

「やった……！」

肩で息をしているフレイアが剣を下ろす。その近くで、ダレンがキメラと一緒に地面に刺さった自分の槍を引き抜いた。

「ダレン！」

一時はどうなるかと思っていたが、倒せたようだ。サキはダレンとアルフォンスに駆け寄ろうとしたが、すぐに気づいた。キメラの体はまだ黒い水になっていない。

サキが叫ぶと同時に、びくびくとキメラの体が動き、ゆっくりと起き上がった。首の断面から黒い肉が盛り上がって、女の顔へと変わっていく。

「フレイア様！」

「どうして……」

このキメラのパーツは、女の顔と上半身、鳥の下半身だけだ。そのどちらも切り離したはずなのに、なぜまた蘇ってしまったのか。

「口の中の蛇まで切り落とさないとだめだったか……！」

そう言って再度剣を構えるフレイアの号令で、傭兵たちが力を合わせ、キメラの首と翼を落とす。フレイアは、今度は口から吐き出される炎を剣で切り裂きながら、その先にある蛇の舌まで切り落とした。

「やったか……！」

だが、またキメラの体は起き上がり、頭も翼も再生する。

「なぜだ……っ」

あきらめずにフレイアが剣を構えるけれど、サキから見ても彼女はずいぶん体力を消耗していた。どんなに腕がたっても、このままではもたない。

「キエエエエエエ！」

キメラが叫び声を上げると、どこからともなく、同じような鳥のキメラが集まってきた。ただし、それらは女の顔ではなく、とかげの顔をしている。小さなキメラは飛び回り、傭兵たちを翼で切り裂いていく。

「サキ！」

ダレンの声に振り返ると、サキ目がけて小さなキメラが飛んでくるところだった。

「っ！」

とっさに腕で顔を庇ったが、足が動かず立ちすくんでしまう。もうだめだ、と思った瞬間、空気を引き裂く音がした。

「キシャーッ！」

鳴き声に目を開けると、足元に矢を受けたキメラが落ちていた。早くとかげの頭を切り落とさなければ、と思った途端、大きな蹄がそれを踏みつぶす。

「アルフォンス！」

鼻息も荒く、アルフォンスが駆けつけてくれていた。そして、テオとラニエルの姿も見える。

「テオ、ラニエル！」

無事の再会をよろこぶ間もなく、テオが弓に矢をつがえる。その目はすでにキメラをとらえていた。

「なんだ、あの不気味な女は」

「それが……」

テオに説明しようとした時、サキはアスランの姿が見当たらないことに気づいた。

「アスランは？」

なにかあったのかと思い、一瞬背筋に冷たいものが走る。

「心配しなくても、あそこですよ」

ラニエルの指さす方向に、アスランはいた。彼は膝をついているフレイアを助け起こしながら、剣を構えている。

「アスラン！　このキメラはいままでのキメラとなにかが違うの！」

サキは叫んだ。だが、アスランは振り返らなかった。

それから、傭兵の皆が何度どこを切り落としても、キメラは蘇ってしまう。

数十分もすると、さすがのアスランも肩で息をしはじめた。このままでは体力がもたない。

「一体、なにが違うってんだ……」

テオの呟きを聞きつつ、サキも同じことを思っていた。きっと、いままで倒せたキメラとは、なにかが違うのだ。

「でも、なにが……」

鳥と蛇、人間の女以外のパーツはない。なのに、それらのパーツをすべて切り落としても蘇ってしまうのだ。

サキは苛立たしさにくちびるを噛む。

このままでは、傭兵たちは壊滅状態になってしまう。それでなくとも、もう立っている者の方が少ない。フレイアも、まだ剣を手にしているが、背中を木の幹に預けている。

一体、なにが……

サキは、はっとした。

これまでのキメラとは違うところ、それは、上半身が人間の姿をしているということだ。

いままでのキメラのパーツはすべて獣だった。あのキメラのように一部分でも人間のものはいなかったのだ。

だが、だからといって、人と獣の違いがなんだというのだろう。サキの考えはあっという間に行き詰まる。もどかしさに息が苦しくなって、サキは胸に手を当てた。ぐるぐる考え込んでいるうちに、アスランが魔物の急所について話していたことが思い出される。

「あ……」

もしかして……、と思い当たることがあり、サキは叫んだ。

「アスラン！　心臓を、心臓を狙ってみて！　人間の体の急所を！」

今度こそ、アスランが振り返った。

「ラニエルは首と口を、テオとダレンは同時に翼を狙って！」

「よしっ」

テオが矢をつがえ、大きく弓を引き絞る。そして、ラニエルの魔道書が燃え上がるように光を放つ。アルフォンスが前脚を高く上げ、ダレンが槍を振りかぶった。

「いま！」

サキのかけ声で、一斉に攻撃が放たれる。どれもが狙いどおりにキメラのパーツに命中した。

「アスラン！」

首も翼も失ったキメラの体がぐらりと傾ぎ、アスランめがけて倒れてくる。アスランはその胸を、構えた剣で刺し貫いた。

「……っ！」

羽根毛に縁取られた女の胸に、深々と剣が突き刺さる。アスランは一歩も引かず、剣でキメラの体を支えていた。だが、キメラは姿を変えない。

「だめだったの……」

サキが呟いた次の瞬間、アスランの体は支えを失ってがくりと揺れ、その足元に黒い水が広がっていく。

「え……」

ふらりと、サキは前に一歩踏み出した。

「倒したの……？」

キメラの姿はどこにもない。あるのは、黒い水たまりだけだ。

「おい……やったぜ！」

「やった、やった……」

少しずつ、森に歓声が沸き上がる。他のキメラたちをすべて倒した傭兵たちも合流し、やがて大歓声となった。

こうして、二百年前の災厄の再来は防がれた。今度こそ、そう歴史の書に記されたのだった。


「ここが……マールディールの街……」

キメラの大量発生から数日後。サキはそびえ立つ白亜の王城を見上げていた。

「なに口開けて見てんだよ、田舎者と思われるだろ」

そう言われ、サキはむっとしてテオを振り返る。

「じゃあ、テオはこのマールディールにきたことがあるの？」

すると、ぎくりとテオが肩を揺らす。

「あ、あるに決まってんだろ」

「へえ、初耳だな」

そう言って、アスランがテオの横を通り過ぎ、さっさと城の門へ向かう。

「あ、待ってよ、アスラン」

フレイアからの進言で、アスランは最後のキメラを倒した功績を認められていた。その結果、こうしてマールディールの王城に招待されたのだ。

「やっと、サキさんが家に帰れることになるんですかね？」

ラニエルに言われ、サキはどきりとした。

「そういえば、わたしがいなくなればせいせいするから協力してくれてたんだよね、ラニエルは」

冗談のつもりだったが、ふいにラニエルが傷ついたような顔をしたので、サキは唖然とする。まさかと思っている間に、ラニエルはふい、と顔を背けてしまった。

「え、えっと……」

サキは戸惑っている。もうすぐ願いが叶って家に帰れるかもしれないとは感じられなかった。

「今日は国王陛下の計らいで、城でゆっくり休んでいいそうだよ」

ダレンの言葉に、テオが当然だと言わんばかりに何度もうなずく。

「それくらい当たり前だよな、どんだけ苦労したと思ってんだ」

さっさと部屋に行って休もうぜと言うテオについて行こうとしたところ、ラニエルが足を止めた。

「ちょっと待ってください」

「どうしたの？　ラニエル」

ラニエルが、廊下の先にある庭を指さしている。

「あそこに……魔道師の方がいます、それもとても強い魔力の持ち主が……」

「そ、それって、宮廷魔道師って人？」

ラニエルがうなずく。

「そういや、国王に頼む前に、サキの願いが叶うもんなのか、その宮廷魔道師に聞いてみようぜ」

テオがとんでもないことを言い出した。

「え、テオ？」

止める間もなく、テオがずかずかと進み、長身の男性の背中に声をかけた。

「おーい、ちょっといいか」

ラニエルと同じようなローブを纏(まと)った人物がゆっくりと振り返る。

「なにかご用でしょうか？」

宮廷魔道師らしきその人物は、思ったより気さくな雰囲気の青年だった。

「ちょっときき――」

そこで、ダレンがテオの口を後ろからぐっと押さえてくれる。サキが失礼を詫びようとすると、ラニエルが言った。

「あなたは、宮廷魔道師の方ですよね？」

青年はうなずき、レイスと名乗った。

「宮廷魔道師をおさがしなのですか？　この城には魔道師が何人もいるもので、私があなた方のお目当ての人物とは限りませんね。よろしければさがすお手伝いをしましょう」

「だったら……あの！」

サキは、はっとして言い淀んだ。いちばん偉い人、と言っていいものだろうか……

「えーっと……」

言葉を選ぶサキの横で、ラニエルがはっきり口を開く。

「首席魔道師をさがしています」

レイスが、あらためてラニエルを見る。きっと、ラニエルが同じ魔道師であることに気づいたのだ。しかし、彼はなにも言わず、サキに向き直った。

「そうですか……ですが、首席魔道師はもうずいぶんご高齢で、いまは私が未熟ながら代理を務めております」

「あなたが……」

サキはレイスと、驚愕の表情を浮かべているラニエルの顔を見比べた。首席魔道師は高齢だという話なのに、その代理である彼はかなり若い。つまり、それだけ優秀な人物なのだ。サキは期待が高まっていくのを感じた。

「あの、わたし……明日、国王陛下にお願い事をすることになっているんです」

「ああ、聞き及んでいますよ。キメラを倒した功績を認められて、ですね」

はい、とサキはうなずいた。

「それで、正式にお願いする前に、わたしの願いが叶うか、知りたくて」

「なるほど、それを私に尋ねたいと？」

「ええ、宮廷魔道師の方は、国王陛下のお許しなく魔法を使うことはできないとうかがったので」

これは、ラニエルから聞いた話だった。

「そうです。軽々しく使っていい力ではないですから。我々宮廷魔道師は、戦う武器としての魔法とは違う魔法を研究している身なのです。とはいえ、それは普通に暮らしている民にはあまり用のないものでもあります。あなたが叶えたい願いというのは、よっぽどのことなのでしょうね」

「そうなんです……実は、わたしはここではない、どこか違う世界から突然迷い込んできてしまって……」

信じてもらえるだろうかとどきどきしたが、レイスはそれほど驚いた様子もなく言った。

「ああ、ごくまれにそういう人がいるという話を聞いたことがあります。最近ではめずらしいかもしれませんが……」

「本当ですか？　本当に、わたしみたいな人が？」

「ええ、記録にも残っていますよ。魔法を使って元の世界へ送り返したとね」

ふらりと体が揺れたサキを、後ろからアスランが支える。

「ほ……本当に……？」

レイスがうなずく。

サキは膝がくがくと震え、ついに立っていられなくなった。本当に、家に帰れるのだ。これまでの思いが堰を切って溢れそうになってくる。

「よかったな、サキ。これで家に帰れるぞ」

アスランが声をかけてくれるが、言葉にならず、サキはただ何度もうなずく。

そんな彼女に、レイスが言葉をかける。

「元の世界に帰れることは保証しましょう。ただ、問題もあります」

「……え？」

心臓が凍りつくような思いで、サキはレイスの顔を見た。彼は、これから重大なことを告げるとは思えない穏やかな表情を浮かべている。

これ以上、こわくて聞きたくない。やっとここまで来たのに逃げ出したくなってしまう。サキが動揺しているからか、レイスは、先を話していいものかアスランに目で確認をとっている。

サキの肩を掴んでいるアスランの手に、力が込められた。

「……なにが問題なんだろうか？」

「帰還の魔法は、時間が関係しない魔法なんです」

魔道書に文字が浮かぶのを知っていますかと尋ねられ、サキはうなずく。

「その浮き上がった文字を詠唱するのですが、その文言に時間に関するものはないのです」

「……どういう……ことですか？」

レイスが、こほん、と咳払いをした。

「帰還の魔法で、あなたは元の世界に帰れるでしょう。ですが、それがいつかはわからないということです。あなたがここにきた時間の一瞬後か、一週間後か、または十年、二十年後かもしれません。もしかしたら、もっとかけ離れた時間になる可能性もあります。誤差はおそらく百年くらいです。ただし、この世界に迷い込んできてしまった時間より前には戻りません」
一、二年ならともかく、百年ともなれば、サキを知っている人は誰もいなくなっているだろう。
「そんな……だったら、もう会えないの？　お父さんや、お母さんに……お兄ちゃんたちにも……友達にも、部長にも……」

あの日の光景が遠くなる。

夕方、校門を出て、ラグビー部のみんなと学校前の坂を下っている時のことを、まだ鮮明に覚えているのに。何気ない日常が、もう戻らないなんて。

「サキ……」

どこか座れるところはないか、とアスランが青年に尋ねた。そして、サキは近くにあったベンチに抱え上げられて運ばれる。だが、体が抜け殻のように感じられて、ぼんやりするだけだった。

そこで、彼女に代わって口を開いたのは、ラニエルだった。

「でも、変じゃないですか？　時間について、どうしてそんなことが……誰かが行って戻ってこなければわからないはずなのに」

「いい質問ですね。簡単な話で、行って帰ってきた者がいるというだけです」

「サキの家がある世界にですか？」

ラニエルの質問に、青年は首を傾げる。

「私が行ったわけではありませんし、それはわかりません。ですが、何度も違う世界へ行って戻ることを繰り返していた方が、同じ魔法で違う世界へ行っても、同じ場所と時間に行けるとは限らないと結論づけていたのです」

「だったら、時間だけではなく、場所もわからないというわけですか？」

「うーん……、元々そこにいた人であれば、魔法がなんらかの繋がりを辿ると思います。ぴったり同じ場所には戻らないかもしれませんが、知っている、または馴染みのある場所に、ちゃんと戻れると思いますよ」

時間がなくなりつつあるのか、レイスはなんだかそわそわしだしているが、ラニエルはかまわず話し続ける。

「でも、待ってください。戻ってこられた人がいるのなら、もしサキが違う時間に戻ってしまっても、こちらに戻ってやり直せば……」

「それはできませんね。彼女は魔道師ではないでしょう？　魔法が使える者でないと、戻ってこれません。それに魔道師であったとしても、よほど力のある者でなければ、帰還の魔法は使えませんよ」

その言葉に、ラニエルがはっとする。そんな彼に、レイスが説明を続けた。

「違う世界を何度も行き来したのは、我らが始祖である大魔道師の子孫の中でも、異才の呼び声高き魔道師です。あなたも魔道師なら、これがどんなにむずかしいことであるか、みなまで言わずともわかるでしょう？」

はい、とラニエルが力なく答える。しかし、彼は少し考えてから食い下がった。

「だったら、もう一度こちらから呼び寄せることはできないんですか？　彼女には、もうここに繋がりがあると言えると思いますが」

レイスはやや考え込んだ。

「それは、どうでしょうか。この世界に迷い込んでくる人は、本当にたまたまなのです。運命ではない。そこになにか理由があったわけではないのですよ」

用があるのでそろそろよろしいですか、とレイスが言ったため、引き止めることもできず、サキは彼を見送った。


サキはあてがわれた城の部屋のバルコニーに出て、星空を眺めていた。

バルコニーで繋（つな）がっているとなりの部屋には、アスランたちがいるはずだ。歓迎のしるしとしてたっぷり料理やワインが振る舞われているにもかかわらず、彼らは静まりかえっている。

きっと、落ち込んでいるサキに気を遣っているのだ。悪いと思いつつも、いまのサキには元気に振る舞うことなどできなかった。

サキがバルコニーで膝（ひざ）を抱えていると、そっと足音がして、となりに誰かが立った。

「……どうするんだ？」

アスランの声だ。サキは彼を見上げた。

「……どうしようかな」

乾いた笑いを漏らし、彼女はそのまま、また膝を抱える。

「こんなことになるなんてね。迷い込んできたんだから、帰る方法が絶対にあると思ってた」

あることにはあったけどね、とぽつりと呟く。

それでも、いつどんな時間に戻るかわからないとなれば、大きな賭けだった。簡単にのることはできない。

「そうだな」

アスランが静かにサキのとなりに腰を下ろし、同じように空を見上げる。

「実際に帰れるってなったら、それはそれでみんなと別れがたくてすごく悩んだと思う。アスランたちにもう二度と会えないなんて、考えただけでつらいし、寂しい」

頼りない思いのまま、サキはアスランの肩に頭を預けた。

「でも……」

家に帰りたいという気持ちも、揺るぎないままだ。

「わたし……どうすればいいの？」

「サキ」

名前を呼ばれ、サキは頭を起こした。アスランにじっと見つめられ、もしかして引き止めてくれるのだろうかと胸が苦しくなる。

「俺は――」

アスランの言葉を、サキは慌てて遮った。

「……ごめんなさい、なにも言わないで。どうすればいいかなんて聞いたけど、でも……」

俯いたサキの頭にアスランがぽん、と手を載せる。彼は、そのままやさしく彼女の髪を撫でた。

「もちろん、決めるのはサキだ。そして、どちらを選んだとしても俺はそれを支持する」

だから、迷わず心のままに選べと言って、アスランはバルコニーを去った。


ついに、国王への謁見が叶う日がやってきた。

国王に会うのだから、とサキはフレイアの計らいで用意されたドレスに着替えている。

「こんなことまで……」

鏡の前で、サキは気恥ずかしさに頬を染める。久しぶりにたっぷりと湯を沸かしたお風呂に入って、髪もきれいに整えてもらっていた。薄く化粧まで施され、うれしいというより落ち着かない。

「私もそなたには世話になった。これくらいさせてもらいたい」

ソファーでサキを見守っていたフレイアが、目を細めて言う。今日の彼女はいつもの勇ましい姿ではなく、王女らしく美しいドレスを着ていた。

「いろいろとありがとうございます、フレイア様」

礼には及ばぬ、とフレイアが立ち上がる。

「そろそろ謁見の時間だ。あの者たちも待ちわびているだろう。そのドレス姿を見せてやるといい。

ただ、褒め言葉は期待しない方がいいと思うがな」

「はは……そうですね……」

確かに、アスランたちがドレスを褒める姿なんて想像できなかった。それにサキとしても、なにか言われるのも恥ずかしいので、できれば触れないで欲しい。

着慣れないドレスのせいでもそもそと廊下を歩き、サキはアスランたちの待つ控え室の前に立った。そして、自分が着ているドレスをじっと見る。似合っているかなんてさっぱりわからない。

「……お待たせ」

やがて、サキはノックをしてドアの陰から顔を出した。

「あれ？　サキ……どうしたの？」

いちばん近くの椅子に座っていたダレンが、サキの方を振り返る。

「ううん、なにも。フレイア様がそろそろ玉座の間に行った方がいいって」

「そうだね。じゃあ、行こう、みんな」

ダレンが声をかけると、アスランとラニエルがすぐに立ち上がった。テーブルに並べられた料理を食べていたテオは、面倒くさいと言わんばかりの様子で最後に立ち上がる。

「なんだよ、おい」

サキの様子に怪訝な顔をするテオが、ドアのノブを引いたため、そこに張り付くようにして立っていたサキは引っ張られて転びそうになる。

「きゃ……っ」

なんとか踏みとどまったが、ドアの陰から飛び出してしまった。

「お……」

さっとテオとラニエルが顔を逸らした。なぜかダレンはぽかんとしている。その反応に、本当に期待なんてする方が悪かったと、サキが恥ずかしく思っていたところ、アスランが言った。

「なんだ、かわいいじゃないか」

「え……」

サキだけでなく、他の三人もぎょっとしている。

「ア、アスラン……」

「どうした？　すごく似合ってるぞ？」

サキはみるみる頬が熱くなっていくのを感じた。きっと、真っ赤になっているに違いない。

「そ、そう……かな？」

わざわざアスランが褒めてくれたのだ、走って逃げたいのを堪え、サキは礼を言った。

「ありがとう、アスラン」

俯いてなんとか平静を装おうとしていると、ダレンに声をかけられる。

「……それで、サキ、君は決めたのかい？」

なにも言わずにアスランたちの顔を見回し、サキはうなずいた。

案内された謁見の間では、フレイアによく似た青年が、豪華な玉座に座っていた。眩しいほど明るい金の髪の王の、冴え冴えとしたブルーの瞳には、やさしさと厳しさが入り交じっているように見える。

　天井が高い広間に、王の声が響き渡る。

「この度の魔物の大量発生に対し、まことに見事な働きだったこと褒めてつかわそう。そなたらの働きなくば、二百年前のエスコーネルの災厄に再び見舞われるところであったとフレイア王女から聞いた」

　サキはアスランと共に、床に跪き、王の話を聞いていた。

「アスラン、立つがよい」

　名を呼ばれ、アスランがすっと立ち上がる。

「特にそなたは、最も凶悪なキメラを倒したとのこと。よって褒美をとらそう。望みを申すがいい」

　アスランはしばらく黙って立っていたが、ゆっくり唇を開く。

「ありがたきお言葉です。叶えたい望みはこのサキに譲りたいと思うのですが、よろしいでしょうか」

　サキの胸の鼓動は、誰かに聞こえてしまいそうなくらいどきどきと高鳴っていた。

　しばらくして、国王がゆっくりうなずく。サキはアスランに促され、震えながら立ち上がった。

「では、サキとやら、そなたの願いを聞こう」

　サキは声が震えないように、大きく息を吸ってから話しはじめる。

「……国王陛下は、身寄りのない子どもたちが、森で助け合って暮らしているのをご存じですか」

するとﾠ国王の眉が少し動く。

「うむ……話には聞いたことがあるが、それがどうした？」

「では、彼らがどうして魔物の出る森で暮らしているかもご存じですか」

国王はなにも答えない。もしかしたら、知っていても手が回らず、これまで放置していたのかもしれない。それをこんな公の場で訴えられて、顔に泥を塗られたと怒りを感じていたらどうしようと不安だった。だが、ここまできてあとには引けない、サキの望みを伝えるのだ。

「……頼る親のない子どもたちは、悪意ある大人たちの手から逃れ、森で肩を寄せ合い暮らすしかないのです。ですから、わたしの願いは……どうか森の迷子たちに安心できる暮らしを与えてください。この世界には、身寄りのない子どもたちを保護する施設はないと聞きました。ぜひ、そんな子どもたちを保護し、その暮らしを守ってあげてください」

言うべきことは言ったと、サキはきつく目を閉じて祈った。それがアスランとテオへの恩返しにもなると信じて。

「……よし、わかった。そなたの願い、聞き届けよう」

国王の言葉に、肩から力が抜ける。

「あ……ありがとうございます」

東の森で見かけた、大ガラスの羽根を持って逃げたであろう子どもの姿が目に浮かぶ。あの子どもも無事に保護される日が、一日でも早くくればいいと思った。

サキがぺこりとお辞儀をして戻ろうとすると、声がかけられる。

「待つがいい、娘よ。そなたにはもっと他に望みがあったのではないか？　我が魔道師がそう申しておったが」

サキははっとして、玉座のすぐそばに控える青年、レイスを見る。彼はサキと目が合っても表情を変えないが、ほんの少しくちびるの端が動いた気がした。

「はい……ありました。でも……」

サキが自分の世界に戻りたいと言っても、確実に元の時間、元の場所に帰れるとは限らない。そんな不確かな願いよりも森の子どもたちを救う方がずっと大事に思えたのだ。

「そなたは、この世界の者ではないと聞いた。なのに己の願いを捨て、この地の子どもたちのために唯一の願いを捧げるとは、立派な心ばえだ」

レイス、と国王がとなりに立つ青年魔道師に声をかけた。

礼をしてすっと前に出たレイスが、静かな声で言う。

「サキさん、国王陛下からのご温情として教えます。我ら宮廷魔道師では残念ながら力及びませんでしたが、この世に存在するすべての魔道師を超越する力を持つ『放浪の賢者』であれば、あなたを元の時間、元の場所に帰すことができるかもしれません」

「……え？　ほ、本当ですか……？」

レイスが深くうなずく。

「ただし、『放浪の』というくらいです。賢者がいま、どこにどんな姿でいるかはわかりません。そして、彼は決して賢者と名乗ることはないのです。さがし出すにはかなりの困難が予想されます」

「困難が……」

ここまで来るのも、相当な困難だった。放浪の賢者をさがし当てるとなると、さらなる困難が待っているのだろうか。そう思うと、芽生えたばかりの希望が力なくしぼんでいく。

サキが思い悩む中、レイスが断言する。

「ですが、きっと大丈夫でしょう」

「大丈夫……?」

とてもそうは思えず、サキは呆然と問い返した。だが、レイスはおっとりと微笑(ほほえ)みつつ言う。

「ええ、もちろんです。あなたはひとりではない」

振り返ればそれがわかるでしょう、という言葉に、サキは息をのんだ。

「そんな……もう……」

これ以上、アスランたちに迷惑をかけられない。そう思い、サキは振り返ることができないでいた。

くちびるが震え、頬に涙が伝う。立ち尽くしていると、後ろから声がかけられた。

「おい、なにボケッと突っ立ってんだよ」

「そうですよ、あなたらしくもない」

相変わらずのテオとラニエル。

「みんな……もうちょっと言い方があると思うんだけど」

やさしく控えめなダレンがふたりをたしなめている。

ゆっくり振り返ると、そこにはアスランたちが待っていてくれた。

アスランが、サキに手を伸ばす。

「さあ、行くぞ」


「……ったく、調子に乗って旅に出たはいいけどよ」

王都を出て数日後、アルフォンスの引く荷車の上で、テオがぼやく。

「その賢者ってやつは、どこにいるんだよ？」

のどかな初夏の日差しの中、荷車はゆっくりと進んでいた。川沿いの道は涼しげな風が吹き、青々とした草がなびいている。

「荷車の上でゴロゴロしていたら、せっかく鍛えた体がなまりますよ」

しっかり荷車の横を歩いているラニエルの言葉に、テオはむっとして、弄んでいた小さな木の枝を指で弾いた。

「痛っ」

小枝はラニエルの額にぴしり、と当たって落ちる。

「あれはなあ、おまえにつきあってやってたんだろうが。そもそもラニエル、おまえが面倒くせえ性格してたからだっての。まったく、名家の生まれなら図太く宮廷魔道師になってりゃいいものを……は～、信じられねえ。レイスって魔道師を見たかよ、あんなぬくぬくした将来もあったんだぞ、おまえには」

「別にうらやましくないですね。僕はいまがいちばんだと思っていますよ」

テオの憎まれ口にも、ラニエルは平然としている。

「あはは、いいこと言うね、ラニエルは」

アルフォンスの手綱を引きながら歩いているダレンが、明るく笑う。

「さて、そろそろ次の街に着く頃じゃないかい？」

そう言った彼は、目の上に手で庇を作って遠くを見る。

「次の街に着いたところで、金もないんじゃ楽しみでもなんでもないぜ……」

ぼやきつつテオが天を仰ぐと、どこからか悲鳴が聞こえてきた。

「なんでしょうか」

ラニエルが荷台に載せていた本をさっと手に取る。

驚いて足を止めていると、道の向こうから走ってくる農夫らしき姿が見えた。

「た、助けてくれ～、ま、ま、魔物が……っ！」

その悲鳴に、がばっとテオが起き上がった。

「よし、今日の飯の種だ。行くぞ、おまえら」

テオが弓を手に、荷車から飛び降りる。

「ちょっと、テオ……」

慌ててダレンとラニエルがそのあとを追いかけていく。そんな三人の後ろ姿を見ながら、サキは言った。

「……アスランは行かなくていいの？」

すると、となりを歩いていたアスランが目を細める。

「ああ、三人で十分だろう」

確かにとサキはうなずく。そして、アルフォンスが荷車を引きながらゆっくり進み、荷車の箱の中に入れられている鶏たちがにぎやかに鳴き出した。

「アスラン、こんなことになって後悔してない？」

サキは、ずっと気になっていたことをあらためて聞いてみる。住み慣れた砦を離れ、放浪の賢者をさがすというあてのない旅に巻き込んでしまって、いまさらといえばいまさらだったが……

少し心配しつつ、サキはアスランの言葉を待つ。

彼は、小鳥が風に乗って空高く飛んでいくのを見上げながら言った。

「後悔どころか、サキといると明日なにが起こるか楽しみで仕方がない」

晴れ渡る空は青く、希望の先へと続いている気がした。

鋼将軍の銀色花嫁
RC
Regina COMICS
原作 小桜けい Kei Kozakura
漫画 朝丘サキ Saki Asaoka
好評発売中!

Regina COMICS
大好評発売中!!
えっ？平凡ですよ？？
1～3
漫画 不二原理夏 Rika Fujiwara
原作 月雪はな Hana Tsukiyuki
ほのぼのファンタジー
待望のコミカライズ!
交通事故で命を落とした、女子高生のゆかり。目を覚ますと、異世界に伯爵令嬢として転生していた！　なのに、待っていたのはまさかの貧乏生活……。第二の人生を豊かにすべく、元女子高生は前世の知識をフル活用する!!
＊B6判
＊各定価：本体680円＋税
シリーズ累計
16万部突破!
アルファポリス 漫画
検索

Regina COMICS
シリーズ累計
29万部
突破!!
詐騎士
1
大好評発売中!!
SAGISHI
Presented by Kaitoko
Comic by Natsumi Asa
Volume One
原作 かいとーこ
漫画 麻 菜摘
アルファポリスWebサイトにて
好評連載中!
待望のコミカライズ!!
ある王国の新人騎士の中に、一人風変わりな少年がいた。傀儡術という特殊な魔術で自らの身体を操り、女の子と間違えられがちな友人を常にフォローしている。しかし実は、その少年こそが女の子だった！　性別も、年齢も、身分も、余命すらも詐称。飄々と空を飛び、仲間たちを振り回す――。そんな詐騎士ルゼの偽りだらけの騎士生活！
性別、年齢、身分、余命、
すべて詐称!?
その騎士、実は女の子!?
アルファポリス 漫画
検索
B6判／定価：本体680円＋税
ISBN：978-4-434-22063-0

死亡フラグ&恋愛フラグが乱立!?

地味で平凡な女子高生・環（たまき）の通う学園に、ある日転校してきた美少女・利音（りおん）。彼女を見た瞬間、環はとんでもないことを思い出した。
なんと環は、乙女ゲームの世界に脇役として転生(?)していたのだ!
ゲームのヒロインは利音。攻略対象は、人間のふりをして学園生活をおくる吸血鬼達。ゲームに関する記憶が次々と蘇る中、環は自分が命を落とす運命にあることを知る。なんとか死亡フラグを回避しようとするものの、なぜか攻略対象との恋愛フラグが立ちそうで?

各定価：本体1200円+税
Illustration：弥南せいら(1~3巻)/八美☆わん(4~5巻)

1~5巻好評発売中!

俺の友人である芝浦宗佐は、どこにでもいる極平凡な男子高校生だ。ところがこの男、不思議なほどモテる。今日も今日とて、彼を巡って愛憎劇が繰り広げられ、俺、敷島健吾が巻き込まれるわけで…… そのうえ、宗佐の義妹・珊瑚が、カオスな状況をさらに引っかきまわす。
「やめろ妹、宗佐を惑わせるな」
「健吾先輩の妹じゃありません!」
強面男子高校生・健吾の受難、今、開幕!

定価：本体1200円+税　ISBN 978-4-434-22448-5

illustration：夏珂

木野美森（きのみもり）
東京都在中。2015年はじめてネットで発表した「運命の乙女は狂王に奪われる」で出版デビュー。好きなものは猫とアイス。

イラスト：アレア

異世界(いせかい)で傭兵団(ようへいだん)のマネージャーはじめました。

木野美森（きのみもり）

2016年 11月 4日初版発行

編集－反田理美・羽藤瞳
編集長－塙綾子
発行者－梶本雄介
発行所－株式会社アルファポリス
〒150-6005東京都渋谷区恵比寿4-20-3 恵比寿ｶﾞｰﾃﾞﾝﾌﾟﾚｲｽﾀﾜｰ5F
TEL 03-6277-1601（営業） 03-6277-1602（編集）
URL http://www.alphapolis.co.jp/
発売元－株式会社星雲社
〒112-0005東京都文京区水道1-3-30
TEL 03-3868-3275
装丁・本文イラスト－アレア
装丁デザイン－ansyyqdesign
印刷－大日本印刷株式会社

価格はカバーに表示されてあります。
落丁乱丁の場合はアルファポリスまでご連絡ください。
送料は小社負担でお取り替えします。

ISBN978-4-434-22577-2 C0093